KB141610

60년지기 3인방의 글모음(詩筆集)

우리 가을의 언덕에서

60년지기 3인방의 글모음(詩筆集)

우리 가을의 언덕에서

초판 1쇄 발행   2023년 7월 7일

지은이 | 김봉겸 이택주 한 찬
만든이 | 이한나
펴낸이 | 이영규
펴낸곳 | 도서출판 그린아이

등록 연월일 | 2003. 12. 02.
등록 번호 | 제2-3893호
주소 | 서울특별시 은평구 녹번로 6-11, 201호
전화 | 02)355-3035
이메일 | gmh2269@hanmail.net

©김봉겸 이택주 한 찬 2023

ISBN 979-11-91376-17-3

60년지기 3인방의 글모음

우리 가을의
언덕에서

김봉겸 이택주 한 찬 3人 詩筆集

그린아이

우리 가을의 언덕에서

여기 3인은 지금 나이 칠십 중반을 넘어가고 있다.

군이 인생의 사계四季를 비추어 본다면 아마 겨울을 앞두고 가을의 마지막 고개를 넘어가는 중이라고 봐도 좋을 것이다.

3인이 60여 성상星霜이 지나도록 짙은 우정을 이어오는 사이지만 사실 3인이 함께 어울려 뒹군 기간은 1년 남짓에 불과하다.

그러니까 이택주가 강화중학교의 교감선생님으로 전근해 오신 아버지를 따라 김봉겸이 다니는 강화합일초등학교 5학년에 전학해 온 게 긴긴 우정 역사의 시작이었다. 2인은 1961년 초에 강화중학교에 진학하고, 마침 강화초등학교를 졸업하고 진학한 한찬을 만나 3인이 중학교 1학년을 함께 다닌 것이다.

중학교 2학년 초에 전근 가시는 아버지를 따라 이택주가 전학을 갔으며, 이후 중학교 졸업과 동시에 한찬은 강화에 남고, 김봉겸은 강화를 떠나 3인이 뿔뿔이 헤어졌다.

그리하여 제각기 긴긴 인생여정에 올라 자주 얼굴을 보지 못한 채 가끔 서로의 소식을 전하고 들으면서 바쁜 젊은 날을 보내다가 어느 정도 자리가 잡혀 안정을 찾기 시작한 나이 40대부터 다시 만남의 자리를 만들어 어울리면서 지금까지 60여 년에 이르는 친분을 이어오고 있다.

다들 나름대로 열심을 다한 사회생활에서 물러나게 되자, 찬찬히 지난날을 돌아볼 여유가 생긴 인생 가을의 언덕에서 마주하며, 이대로 좋으니 편한 마음으로 쉬엄쉬엄 남은 고갯길을 같이 넘어 보자는 데 의기투합하였다.

어눌해지는 말로 더 이상 세상에 대고 떠들기를 자제하고 대신 마음속에 떠오르는 생각을 글로 적어 돌려보기로 했던 게 제법 쌓이자 그동안 오간 글들을 묶어 보기로 또 한 번 마음이 합하여 이렇게 용기를 내게 되었다.

그러니 형식이나 장르에 구애될 것도 없다. 그냥 떠오르는 대로 자칭 시필집詩筆集이라 부르기로 하고 『우리 가을의 언덕에서』라는 제목을 붙이기로 했다. 그러니까 이 책을 한 마디로 말해 본다면 '60년지기 3인방의 글모음'이라 할 것이다.

따라서 어떤 경위로든지 이 책을 펼치게 되신다면 다른 판단은 접어두시고 가볍게 일독해 주시기를 바랄 뿐이다.

김봉겸 이택주 한 찬

차 례

|김봉겸|

| 한 찬 |

김봉겸

내 인생의 사계四季

내 인생의 첫째 날은
무겁게 짓누른 흙덩이를 들어 올리느라
힘겹고 지루하게 지나갔다
그렇게 비집은 틈으로 하늘을 볼 수 있어
봄이라 부르리라

내 인생의 둘째 날은
소낙비에 흠뻑 젖어 허허벌판에서 떨고
산비탈에서 된바람과 마주했다
그렇게 젖어 찢기면서도 올라설 수 있어
여름이라 부르리라

내 인생의 셋째 날은
흰구름 엷게 깔린 하늘을 우러르며
채 사위지 않은 불덩어리를 품고 움츠렸다
그렇게 그리움의 끈 하나를 붙잡을 수 있어
가을이라 부르리라

내 인생의 마지막 날은
얼핏 바람에 꺾인 삭정이로 떨어지고
소복이 내린 눈이 하얗게 덮어주면
그렇게 사라지니 깨끗하게 잊힐 수 있어
겨울이라 부르리라.

그리움

영혼을 지피는 그리움처럼
절절한 불이 어디 있으랴
불꽃사랑이라지만
혼자 하는 사랑은 서글퍼
몰래 하는 사랑은 애달파
굳이 그리움이라야 하는 까닭이라
그 떨림의 현을 타고
그 설렘의 관을 통해
노래로 날 때
그리움은 절정에 이르지
기억이 녹아 가슴으로 스며든
정지된 시간의 그림자,
다만 영원으로 이어질 울림
그리움은,
구원久遠의 여인으로 품어야 할 비밀
들켜선 안 될 황홀한 슬픔
밀물이고 썰물인

한세월의 질긴 고뇌여

해저문 갯가에 다다라
한 욕망이 사그라지고
더 이상 손 내밀 수 없어서야
얻어낸
봄볕 같은 평화여.

새벽길

새벽 전철을 적신 무거운 기운은
삶의 무게인지 세상 짐인지
내뿜어 함께 섞인 고단한 한숨인지

다들 눈을 감았으니 그 시선을 알 수 없지만
모두 다른 듯하면서도
어딘지 닮은 모습들이다

새벽잠 깨어 나섰든
밤을 지새우고 돌아가는 새벽이든
지금 신바람은 일지 않는다

그 흔한 등산객 차림새도 아닌
그저 하루살이에 피곤하고
삶의 한 편이 구겨진 얼굴들

그래도 정거장마다 내리고 타는 걸 보면

목적지는 분명할 테니
쪽잠 속에서도 꿈을 꾸고
여기 잠시나마 쉼을 누리리라

안주머니엔 로또복권 한 장 들어 있는지
오늘의 만남으로 접힌 삶이 펴질는지
한갓 머릿속의 바람일 뿐이라도

곧 동 튼 거리에 내디딜
저들의 정직한 발걸음 앞에
가난한 하루는 다시 소망으로 환하리라.

기다림

짠하게 가슴 떨리는
얼굴 하나 떠오르면
창문을 열고
그 사람을 기다리자
기다리다가 기다리다가
아프게 아프게 베어진다 해도
우연처럼 다가와서
영혼의 떨림을 알게 한
하나 사랑을 떠올리며
아리도록 그리운
그 사람을 기다리자

기다림 끝에 봄은 오느니.

순리

힘들여 산을 오르는 건
젊은이의 패기다

힘들여 산을 내려오는 건
늙은이의 용기다

때를 맞춰서
산을 오르고 내려온다는 건
인간의 순리다.

그래, 오늘

거실 창밖엔 벚꽃 만발滿發,

그 소식 다 전하기도 전에
벗어 던지고 떠나길,

가벼이 나풀나풀
쉬이도 흩날린다

꽃이파리처럼,

노생老生들 분분히 떠나는 소식마저
꽃피고 지는 얘기와 헝클어진다

꽃 진 자리 또 필 테지만
긴 겨울고개를 넘어 견뎌내야 한다
다시, 만개滿開의 화사함을
마주할 수나 있을는지

앞으로 더 황홀한 날이 있다 해도
그래,
오늘 이대로 눈부시다.

만남

그대를 만나자
나의 새 날이 열렸다

그대를 본 순간
나의 영혼이 깨었다

그대를 품으니
나의 사랑이 꽃폈다

그대를 알수록
나 그대를 닮아간다.

민들레 홀씨

하늘을 우러른 간절함으로
하얗게 센 머리털엔
생명을 담고

그 작은 꽃술마다
어제 오늘과 내일이 모여 살지

그 마음에는
무쌍한 변덕이 숨었어도
너와 나의 봄은
그저 설렘이 아니냐

거친 바람이 불기 전에
널 품으리니
순한 가슴으로 안겨오려무나.

들길에서

시린 무릎 쭈그리고 내려다보니
발아래 딴 세상이 있다
눈여겨본 적 없어
무심코 밟고 다닌 세상이
살아 꿈틀대고
죄다 합쳐 한 송이 값도 안 될
작은 꽃들로 가득하다
마냥 기쁘고 즐거운 생존이
거기서 펼쳐지는데
사람은 밟고
하나님은 일으키시는
경이로운 생명의 향연饗宴이
창조 이래의 역사로 존재하고 있다
해가 뜨고 지는 하루들이
입때껏 지켜낸 장관壯觀,
하나님의 솜씨는
어디서나 동일함을 알겠다.

세월世越의 바다

하늘의 뜻을 어기고 명리를 세우려는 탐욕이
야훼를 빗대어 아해라 지칭하며
이름 팔아 고혈을 짜고 또 짜내더니
출애굽 때 영웅의 이름을 뒤집어 붙였구나
모세가 능력 있어 바닷길을 낸 줄 아나
가증스럽게 세모라니
거꾸로 공식에 그대로 반응하였구나
열렸던 길 닫으시니 다시 넘실대던 바다인데
세월世越은 또 뭔 소리냐
세상과 세대를 다 오가는 시공의 초월자란 뜻이냐
그 이름을 지어 붙였다고 세월歲月이 멈추더냐
바다가 닫힐 때 그마저 잠겼으되
깊은 뜻은 알지도 못하고
무고한 어린 꽃들을 끌어들인 건
쫓겨가는 어둠의 마지막 발악이라
하나님이 독생자를 죽여 세상 죄를 쫓아내셨듯
하나님이 소중한 아들딸들의 희생으로
저들의 탈을 벗기려 하심인가.

갈매기 소묘素描

겨울 바다 유람선 난간에
춤추는 하얀 구름 떼
허공에 뿌려진 한 줌 새우깡에
바다 속 기억 까맣다

사람들 장난질, 그
부스러기 맛에 길들어
다들 배곯아 죽어갈까
갑판 위 나그네 맘 노랗다.

마지막 날처럼

오늘이 마지막 날인 듯 살게 하소서

욕을 먹은들 참지 못하겠습니까
누명을 쓴들 참지 못하겠습니까
주먹질이라고 참지 못하겠습니까

대꾸하고 대항할 틈마저도
그냥 회개하며 기도하게 하소서

말 같지 않은 말을 들어도
일 같지 않은 일을 당해도
못 들은 척 모르는 척 지나치게 하소서

온통 하늘의 아버지만 바라보며
나의 마지막 날처럼 지낼 수 있게 하소서.

다짐

올해는 사랑을 하리라
그동안 못해본 사랑을 하리라
올해는 사랑만 하리라
미움은 날려버리리라
시샘은 떨쳐버리리라
다 좋게만 보리라
다 좋게만 들으리라
다 좋게만 생각하리라
떠오르는 붉은 해만 기억하리라
해를 가리는 심술구름은 피해가리라
몸은 돌아갈 땅까지 낮아지리라
영혼은 돌아갈 하늘만큼 높아지리라
올해는 가볍게 살리라
아깝던 것 다 내려놓으리라
욕심 부려 껴두지 않으리라
가볍게 먹어 배고파보리라
가볍게 입어 추워보리라

가볍게 떠나는 연습을 하리라
떠난 자리 더럽지 않게
올해는 전혀 다른 모습으로
기쁘게, 감사하며 살리라
올해가 끝나는 날엔, 그렇게
사랑하여 가벼워진 나를
칭찬해 줄 만한 한 해를 살아보리라.

믹스커피

갈褐꽃가루 한 첩에다
정淨한 물 따라 붓고
휘휘 저어 지어낸
환상의 묘약妙藥

한나절 살이에도
고달픈 몸, 서러운 맘
한 모금에 달래주는
순백의 정情

품위品位를 따지다간
그 맛 도저히 못 보리
살짝 쥐고 들여다보는
깊은 우물.

우리는

차마 그대 앞에 나설 수 없어
생각을 말자고 했더니

어느새 그대는 내 안에 있다

기별도 없이
허락도 없이
들어와 내 안에 있다

내 안에 그대는
그대 안에 나는

매양 그렇게 한몸으로 있다.

인생

고개를 내려가는데
바람이 먼저 달려간다

앞서 불어가는 바람뿐이 아니라
흘러 흘러가는 시간들이
생각을 어지럽힌다

웃을 만한데도 웃을 수가 없다
울 일이 아닌데도 울고만 싶다

몸 따로 생각 따로
그렇게 놀게 된 지도 오래다

그냥 그렇게
내 맘껏의 인생인 줄만 알았더니
나 혼자만의 인생이 아니었다.

안전지대

가득하던 바다 쓰윽 썰고 나가자
갯벌에 무수히 드러난 구멍
가만히 들여다보면
다 임자가 있다
번짓수가 어떻게 매겨졌는지는 모르나
제 집 찾아 드나드는 주인이 엄연히 있다
과객이라고 아무데나 깃들 수 없고
맘에 든다고 파고들 수 없는
구멍, 구멍들

인간에게선 볼 수 없는 안전지대다.

늦바램

어제를 기억하며 살되
매이지 말자

오늘에 감사하며 살되
자만하지 말자

내일을 꿈꾸며 살되
허황되지 말자

가야 할 때를 모르되
목적지는 분명하게 살자.

걸음발

뒷산을 오르는데
늙지도 젊지도 않은 한 사람이
종종걸음으로 내려온다

높은 산은 아니지만
저 걸음으로 어디까지 올라갔었을까
차마 묻지 못하고 비켜섰다

잠시 후 뒤돌아보니
아슬아슬하나 의연하게
종종걸음치며 내려가고 있다.

소란의 진원震源

겨우 든 잠이 깬다
아직 한밤중이라 캄캄하고 조용하다
한 번 깬 잠이 쉽게 다시 들지 못한다
몇 번 뒤척이는 사이에 주변이 소란해진다
온갖 소리가 멀리서 가까이서 울려댄다
뭔 일이 벌어진 건가
숨죽이고 귀를 기울여보니
그건 나이들어 고장 난 내 귀에서 울리는 소리,
그건 나이들어 고장 난 아내의 코고는 소리,
갑자기 세상이 소란해진 게 아닌
인생의 낙엽이 굴러가는 소리다.

여전히 꿈을 꾼다

거의 날마다 꿈을 꾼다
제대로 잠들지 못하는 날이 많지만
여전히 꿈을 꾼다
그런데 언젠가부터 그 꿈은
나아가는 꿈이 아니다
올라가는 꿈이 아니다
가지는 꿈이 아니다
요즘에 꾸는 꿈은
돌아보는 꿈이다
내다보는 꿈이다
꿈이 끝나는 날의 모습을 보면서
안심하는 꿈이다.

시간

벽걸이 시계가 11시 5분에 멈춘 지 오래됐다
시계가 멈추기 전에는
시계가 시간을 몰고 가는 임자 같았다
분침이 앞서고 시침이 뒤서고
거기에 맞춰서 가고 오는 시간 같았다
시계가 멈추면 시간이 멈추고
우주가 멈출까 봐 열심히 태엽을 감았다
시계는 수명이 있고
시간은 수명이 없는 사실
오랫동안 시계는 꼼짝없이 서 있지만
시간은 홀로 나아갔다
시계와 따로 노는 시간 같았다
시간은 원래 시계와 따로 노는 존재라는 사실
꽃이 떨어지고
낙엽까지 다 떨어져 칼바람 앞에 앙상해도
나무는 건재하다는 사실
지구에 꽉 들어찬 모두가 사라진다 해도

지구는 지구대로 남아서 돌고 돌 거라는 사실

결국 시간도 시계도 다
혼자서 자고 깨는 욕심꾸러기가 아니라는 사실
그런 사실들 앞에 여전히 나아가는 시간과
거기 동행하는 몽매한 나를 본다.

퇴행성죄인退行性罪人

수년 만에 도진 협착증상이 슬며시 자라나더니
통증의 꽃이 터질 듯 활짝 폈다
왼발을 쓸 수가 없고
누운 몸 돌이킬 수가 없다
겨우겨우 찾아가 오른 진찰대와
엑스레이 촬영실의 시달림을 거치면서
초죽음이 되어 치료실에 들어가 엎드린다
여기저기 마구 찔러대는 주삿바늘에
내 몸을 장악한 통점痛點이 방어에 나서면서
신경을 깨문 이빨로 마구 씹어댄다
몸속에서 저항하는 아픔을 물리치기 위해
몸 밖에서 못잖은 아픔을 찔러 넣으니
안팎으로 죽어나는 건
퇴행성병변을 품고 웅크린 늙은 죄인이다.

어머니의 시간

하늘이 보이는 창가에
하얀 새 자리

거기 한 세월이 멈춰 숨을 고른다
망백望百의 눈가에는 한가로운 고요뿐
위아래를 나누던 품계品階가 무너지고
앞뒤를 가르던 서열序列이 사라진
그 세계엔 다툼이 없다
옳고 그름의 언어도 잊혀 간
평화의 지대
거기 젖은 낙엽처럼 무겁게 누웠어도
평생을 짊어진 우주는 구름처럼 가볍다
언젠가 세상을 비우는 날에
애가哀歌는 곱게 접어두고
새 노래로 노래하며 오르리

한 시절이 꿈을 꾸는
겸손謙遜한 오후.

11월

왠지 한 번
취한 듯 홀린 듯
기대어보고 싶은
목마른 언덕

뙤약볕에도
빳빳이
칼바람에도
꼿꼿이
날을 세우던 혀가
서늘하게 식는다

안개처럼 빗물처럼
빨강 립스틱, 검정 스타킹을
훑어 녹아내리던
서툰 감정을 용서받고
이제는

가만히 기대어 서서
맨 처음의 이야기를
확인하고 싶다

11월은
남은 날에 감사하며
초조하지 않는 자를 위해
주어진 선물이다.

흔적

사는 날이 꽤 길어지다 보니
언제부턴가 내 흔적을 의식하게 됐다
사실 무심히 남겨놓은 흔적들이 더 험할 텐데
바로 좀 전에 지나친 흐릿한 흔적이
이토록 무겁게 나를 누를 줄이야
진작 이런 마음가짐으로 살았더라면
내 삶이 한결 너그럽지 않았을까
용납할 줄 모르고,
양보할 줄 모르고,
사랑할 줄 몰라서 새겨진 굵고 선명한 파열
끊기고 파이고 짓이겨진 나의 흔적은
지울 수 없는 부끄러움인데
난 지금 어쩌면 아무것도 아닌
어제의 흔적에 묶여 있다.

빈 약속

중학교를 졸업한 지 육십 년이 가까운
지난 가을에 그의 전화를 받고
이런저런 몇 마디 끝에
한 번 보자면서 끊었다
서너 번 또 전화가 걸려왔지만
언제 밥 한 번 먹자는 말로
실없는 통화를 끝내곤 했다
사실 반가울 사이도 아니고
급히 만날 일도 없으니
그냥저냥 건성으로 한 말이었다
그러다가 느닷없이 부음을 받고
허전한 그의 빈소
분명히 할말이 있는 듯한
백발의 그 영정 앞에서
주춤대며 밥술질하다 보니
길은 돌이킬 수 없이 갈라지고
이생의 내 하루도
빈 약속처럼 날아가고 있었다.

황혼

그 큰 바다
세월 속에 잠겨든다
질긴 그리움 한 가닥은 품고
젊은 손가락 하나는 잘라냈다
늦은 날 텅빈 가슴에 바람이 울 땐
왜 그 곁에 있어주지 못하고
먼저 멀어져 가야만 했는지
후회는 사람의 일일 뿐
혼자 남아 보니
원망도 한숨도 헛된 일
줄어만 가는 시간들 속에서
다 흘려버린 미움들

세상은 망망대해
심신은 산산조각
남은 건 허전함뿐이나
쓰디쓰면서 뒤끝은 달짝지근한

인생이라 하니

저기 새 아침을 보는 눈이
밝다.

가을

바람 냄새가 좋다

낙엽이 자홀自惚해 가라앉고

그 무게가 땅을 흔든다

빈손이 가볍게 떨고 있다

하늘이 문을 열어줄

그 겨울이 가깝다

깜짝 스쳐간 찬란한 날들이여

아, 눈이 부시다.

노인요양원

등뒤로 문이 잠긴다
과거가 잘려 나간다
이제부터 과거는 없다

앞문이 마저 잠긴다
현재가 거기 저장된다
이제부터 미래는 없다

쪽문이 열릴 때는
적당히 거둬진 인생 하나
떠밀려 사라지는 날이고

이승의 기억을 지우는
마지막 작업은
서둘러 끝내줄 것이다.

가을에

깊어가는 가을날
흰구름 두둥실 한가한데
스치는 바람은 조급하네

늘 푸르리라던 이파리들은
떨어져 땅에 눕고
무심한 발길이 밟고 가네

한구석 세상을 흔든 기상은
기억도 흐릿하고
거칠던 숨결이 평온하네

문득 고개 들어 하늘을 보니
따스한 빛이 내려오고
부드러운 손길에 안심하네

그 자리에 무릎 꿇고

두 손 모으니
분주하던 마음이 평화로 가득하네.

겨울비

비가 내린다
겨울 하늘에서
죽죽 비가 내린다

늙은이는 철없다 한다
젊은이는 노망들었다 한다

그 빗물이 거친 땅에 파고든다

거기 깊이 잠든 생명을 적셔
봄살이를 일깨울 것이다

이 겨울에
하늘에서
때 아닌 비가 내린다.

승화원昇華院에서

떠난 자의 끄트러기가 소산燒散되는
마지막 한 시간여 동안에도
뒤처진 자들은 분주하기만 하다
더러 피곤한 기색, 짜증난 얼굴로
사라지는 시간을 재고 또 재면서
그 지난 시절을 되돌리는 입술들엔
시퍼런 날이 섬뜩하니
어미 마음은 찢기고
형제 사랑은 금 간다
곧 연기마저 사라진 하늘 아래로
제 갈길 각자 가고
무심한 인파 속에
떠난 자는 자취도 없겠지만
죽지 않은 몸들이 서성대는 대기실은
여전히 사는 얘기, 자랑거리로
시끌벅적하다.

메모리얼파크에서 1

여기는 인생의 교실이다
시공을 초월하니 죄다 똑같다
다 죽었으나 살았다
살았으나 다 죽었다
산 자들의 발길은 죽음과의 연결이다
끊지 못할 인연의 줄타기다
악연惡緣도 풀어버리는 곳
악착같은 생각도 떨쳐버리는 곳
세상 시간을 끊어볼 맘을 고쳐먹는 곳
그래서 산 자가 죽어 다시 살고
죽은 자가 영원히 살게 되는 곳이다
봄에는 흐드러지게 꽃이 핀다
여름은 녹원이다
가을도 장관이다
흰눈 덮인 겨울도 볼 만하니
모두 이웃하여 생시에 꿈꾸던 전원생활을 한다
그냥 고요하고 마냥 평화롭다

여기를 제대로 알 수만 있다면
근심일랑 털어버리고 사는 동안 맘놓고
안심하며 살게 될 것이다
부귀영화가 이리 오는 날을 조절하지 못하고
빈부귀천이 차등 없이 동거하는 여기가
곧 우리가 오게 될 곳임을 알았으니
세상이 뭐라든지 흔들리지 않으리
길이 굽든 좁든 옳다면 그 길로만 가리
정도正道 그 바른 길은 양심良心이 내는 길이다
세상의 대도大道는 불의가 판치는 곳이다
여기서 보니 화목이 최고라
그리로 통하지 않는 길은 다 악한 길이다
화목하니 망자 앞에서도
웃음소리 넘치고 얘기꽃이 피어난다.

메모리얼파크에서 2

점점이 누워들 있다
흔들림 없는 산에서
다툼 하나 없이 조용들 하다
많고 많은 사연들을 들여다보니
제 맘 따라 온 경우도 간혹 있는 모양인데
그렇다고 해도 세상이 싫어서였지
여기가 좋아서는 아닐 것이다
여기 오기 싫다고
온갖 짓 다하며 버티다가 오기도 한다
아무 생각 없이 대문을 나섰다가
대책 없이 오기도 한다
잠을 자다가 잠자리를 옮겨오기도 한다
결국은 여기 말없이 모양 없이 누울 것을
치장하고 변장까지 하고
타고난 외모 고치느라 분탕질하고
별별 짓들을 다 한다
손가락질받던 자나 손가락질하던 자나

치고 박던 모든 자가 함께 누웠다
옆에 누우리라 상상도 못한 자들과 이웃하여
싫다 좋다 한마디 없이 그렇게
누워들 있다.

메모리얼파크에서 3

폴짝폴짝 뛰던 때가 있었으리라
웃으며 울며 살던 때가 있었으리라
멀고먼 훗날에 대한 꿈을 꾸었으리라
긴긴 얘기로 밤새운 적이 있었으리라
순서대로 따르게 되는 줄 알았으리라

세상에선 각자대로 살았지만
여기 질서정연히 자리한 사연들은
뒤죽박죽 얽히고설켰다
눈 감고 귀 막고 입 다물어 이리 고요하지
함께 잠든 생각들을 풀어놓는다면
산이 무너지리라
하늘이 뚫리리라

그런데 여기 서리는 기운은 생생한 영이라
짓고 또 지우는 창조의 손길이 펼쳐 있다
세상에 내놓으며 맘껏 살아보라고 할 때는

보기 좋은 모습으로 살라고 한 것인데

쥐락펴락 각기 맘대로 자유분방하다가
제 발에 걸려 넘어지고
제 꾀에 빠져 숨이 멈춘 경우 적잖을 테지만

산은 높고 무거워
하늘은 넓고 푸근하여
그대로 다 품어주니 여기 이렇게 평온하다.

바람의 자리

세상을 휩쓸던 바람이
산으로 올라
모였다

넘어뜨리던 바람
날아오르던 바람
바람, 바람들

그들이 산에 누워
사단칠정四端七情이 다들
잠을 잔다.

함박눈이 내릴 때면

함박눈이 펑펑 쏟아져 내릴 때면
꿈속에서나 만날 만한 사람과 함께
은근슬쩍 팔짱을 끼고
함빡 함빡 웃으며 눈 속을 걷고 싶다

부딪치듯 서로를 의지하며
종종걸음으로 맴돌다가
빠져나오지 못할 만큼 눈 속에 묻혀
눈사람이 되고 싶다

맨손에 전해지는 체온을 느끼며
주름진 얼굴이 활짝 피어날 때쯤
눈사람의 웃음으로 마주보며
녹지 않을 만큼 얼굴 가까이 다가가고 싶다

함박눈이 펑펑 쏟아져 내릴 때면
눈 속으로 눈 속으로 빠져들어
한 번쯤 다른 세상을 살고 싶다.

제야의 기도

길 위에 묶였던 한 세월을 떠나보내고
푸른 동산의 소망을 되찾게 하소서
너도 나도 바로 보지 못했던 건 억울함이니
천지조화를 주장하지 못하는 사람들이
자비하심 믿고 용서를 구하게 하소서
가는 해는 감사하게 보내고
오는 해는 기쁘게 맞게 하소서
잃고 잊었던 위아래의 순서에 따라 순명하고
앞 뒤 양옆의 질서를 알아 화목하게 하소서
동과 서는 까닭 없는 다툼을 그치고
남과 북은 깨진 신뢰를 회복하게 하소서
소수다 다수다 나뉘느라
소중한 날들이 속절없이 시들지 않게 하소서
빨갛다 하얗다 다투느라
사이에 낀 벌거숭이들이 헤매지 않게 하소서
큰 자들이 스스로 낮아지고
가진 자들이 스스로 덜어낼 줄 알게 하소서

시끄런 세상 소리에 귀 막은
한없이 거룩하고 전능한 님이시여
무소불위로 흔드는 칼끝에 떨고 있는
인생들을 불쌍히 여기소서
그나저나 똑같아서
길이 있으니 끝까지 갈 줄로 착각하는
모두의 죄이오니 용서하시고
깨달아 겸손히 돌이키게 하소서

이제 감사히 지는 해를 보내오니
이제 기쁘게 뜨는 해를 맞이하게 하소서.

송구영신 送舊迎新

오늘도 하나 또 하나
찍혔다가 사라지는 발자국들
나이를 먹어가는 주머니가
부풀었든 꺼졌든 힘겹긴 매한가지
발자국들은 모두가 흔들린다
그래도 내딛는 발자국의 순간은 선명하다
날개를 몇 개씩 더 달아도
있는 날개마저 접더라도
인생은 함께 날아가는 철새 무리다
그럴 때마다 지친 나를 잡아준 것은
힘든 날의 조각 시간들이었다
지금 품은 한 소망은
낮의 해와 밤의 달이 밝혀줌이다
해 아래 찍혀 달빛 속에 사라지는 발자국이야말로
역사歷史라는 울타리를 세우는 힘이다
고개는 넘고 들판은 지나고 물은 건너면 되는 것
새 아침, 오늘도
사라질 발자국을 선명히 찍으며 나아간다.

이 택 주

망한루望漢樓의 꿈

　나의 어린 시절, 4년여간 강화에서 살던 것이 계기가 된 만남의 결과물로 한 권의 책이 나오게 되었다. 나이 칠순 중반을 넘어가는, 인생의 가을이라 할 이때에 시도해 보는 용기의 산물이다. 강화江華는 고려가 꽃피웠던 역사의 고장으로, 내가 잠시 머물렀던 1950년대 말과 1960년대 초 사이만 해도 읍내 이곳저곳 어디에나 그 가치를 평가받지 못했던 깨진 청기왓장과 사금파리 조각이 아무렇게나 굴러다니곤 했다. 옛이름에 걸맞게 물이 맑고 산야가 나지막이 둘러 펼쳐져 있는 한적한 고장 강화. 남산 산중턱의 청와동 약수터 물이 아주 시원하다고 하여 찾는 사람들이 많았고, 강화읍의 동낙천을 중심으로 신문리 아랫장터와 관청리 웃장터가 마주 보고 있어 닷새마다 열리는 장날이면 떠돌이 장꾼들과 장보러 나온 사람들이 뒤섞여 떠들썩한 삶의 현장이 펼쳐졌다. 강화읍내를 둘러서 쌓은 내성곽에는 동·서·남·북문이 있는데, 그 당시에는 남문과 서문은 형태를 유지하고 있었지만 북문과 동문은 그 일대를 가리켜 그렇게 불릴 뿐 성문의 형태를 찾아볼 수 없었다. 남산 정상의 남장대 앞에는 벼락맞은 큰 느티나무가 강화읍내를 내려다보며 서 있다. 성벽을 따라 걷다 보면 산을 오를 때마다 한 모퉁이에 우리들만의 비밀 장소를 정해놓고 놀던 생각이 아련하게 떠오른다. 읍내 곳곳에는 딸각거리는 기계의 작동소리가 멀리까지 들렸던 직조공장이 산재했었다. 그곳은 강화의 딸들이 밤새워 일했던, 고단하면서도 활기찼던 삶의 현장이었다. 한편으론 밤마다 북산 너머 멀리 이북이라 불렸던 북한에서 마구 떠들어대는 큰 확성기소리가 왕왕거리던 시절이었다. 강화읍민들은 대수롭지 않게 지냈지만 처음 강화를 찾아와 밤을 보내는 사람들은 겁에 질려 쉽게 잠을 이룰 수 없었다.

나는 초등학교(국민학교) 5학년 때 전학을 하여 졸업한 후 동문 밖에 있는 중학교로 진학했다. 그때 읍내에는 초등학교가 두 곳이었다. 읍내 남쪽 신문리에는 전 학년이 한 반씩으로 총 6학급인 초등학교가 있었는데, 이곳이 바로 내가 졸업한 초등학교이다. 반면 북쪽 관청리에 한 학년이 여러 학급으로 구성되어 재학생이 제법 많았던 또 하나의 초등학교가 있었다. 우리 반은 남녀 70명쯤 되었는데 우리의 작은 눈망울 속에는 그런 초등학교조차 마냥 넓게만 느껴졌던 때였다. 하물며 견자산자락을 지나 처음 마주한 동문 밖 강화중학교의 위용은 실로 우리를 압도하고도 남았다. 그렇게 중학교에 입학 후 삼백 명 가량의 동급생 중에서 지금까지 친분을 이어오고 있는 세 친구가 모여 중학교 시절부터 꿈꾸어 왔던 이야기를 떠올릴 때면 이를 학교가 소재한 동문[망한루(望漢樓)]의 이름을 붙여 '망한루의 꿈'이라고 부르곤 했다.

한 시절을 지나 인생의 가을쯤 된 지금에서 되돌아보니 세 사람 모두 각자의 길에서 열심을 다하며 살았고, 그 어린 시절 맘먹고 꿈꾸었던 것들을 이루어 평안한 말년을 유유자적하며 지내고 있으니 감사할 뿐이다. 이제 그동안 세 사람이 끄적이며 일부는 발표하고 일부는 감추듯이 모아놓았던 글들을 한 권의 책으로 엮어 긴 우정의 결실을 거두어보기로 했다. 두 사람은 수필의 형식으로, 한 사람은 시의 형식으로 모아 엮은 3인 시필집을 만들어 세상에 내놓게 됨에 가슴 벅찬 기쁨을 느낀다.

닭

닭은 지구상에 있는 조류 중 가장 많이 키워지는 가금류의 하나
이다. 바람도 쐴 겸 목적지를 정하지도 않은 채 강원도 쪽으로 여
행을 하게 되었다. 쉬기 편한 곳을 찾다가 강원도 양구의 어느 산
골마을에 있는 '토종닭과 민박'이라는 조그마한 간판을 보고 그곳
에서 머물기로 하고 짐을 풀었다.

그곳에는 토종닭 수백 마리가 자유롭게 뛰어놀고 있었다. 주인
말에 의하면, 키우는 닭의 종류는 재래종과 한국토착종으로 재래
오골계, 백봉오골계, 재래 적갈색토종닭, 긴꼬리닭인 장미계들이
며, 조류독감을 피해 환경이 좋은 강원도 오지에서 자연 방사로
키우고 있다고 한다. 이어서 주인은 재래종의 특징과 장점과 단
점에 대해 설명해 주었다. 일반육계는 대개 약 30일이면 1.5킬로
정도로 출하하는데 토종닭은 2.2킬로 정도로 출하까지 70일에서
80일 정도 걸린다고 한다. 주인은 출하 기간이 두 배 이상 걸리는
만큼 더욱 맛이 있다면서 저녁에는 토종닭 백숙을 준비해 주겠다
며 분주하게 움직였다. 과연 토속적인 백숙 맛은 일품이었다. 쫄

깃한 육질과 구수한 국물은 하루의 피로를 완벽하게 풀어주었다.

식사 후 군불땐 따뜻한 방에 몸을 눕히니 나도 모르게 스르르 잠이 들었다. 간만에 깊은잠에 들었을 무렵, 갑자기 바깥채 닭장 속에서 수탉의 "꼬끼오" 하는 울음소리에 잠을 깨고 말았다. 밖을 보니 아직 사위가 컴컴한 새벽이다. 수탉은 뇌속에 송과체라는 빛을 인지하는 감각기관이 있어 일출시 밝아오는 빛을 인지하여 날이 밝아옴을 알려준다고 한다. 덕분에 새벽을 깨우는 제 역할을 할 수 있는 것이다.

얼마 전에 친구가 용인의 끝자락 고기리에서 취미삼아 농장을 만들어 닭을 키운 적이 있다. 친구는, 남은 음식물을 닭들에게 가져다 주었더니 제 주인이 농장에 오는 것만 보아도 쏜살같이 모여드는 동영상을 보여주었다. 그것을 보면서 닭들이 영물임을 알 수 있었다. 어느 날은 암탉이 주변 산속에서 혼자 둥지를 틀고 알을 낳아 품었다가 병아리 열 마리를 몰고 나와 제 주인을 놀라게 했다고 하는 이야기를 들은 적도 있다. 상자로 만들어진 좁디좁은 사육장 안에서 대량으로 키우는 닭보다 자연에서 자유롭게 키우는 닭이 외부에서 주는 영향을 덜 받아 건강하다고 한다. 그래서 '자연란'이란 이름의 계란이 일반 계란보다 가격이 서너 배 비싸지 않은가.

시골에서 첫새벽에 수탉이 울면 산에서 내려왔던 맹수가 돌아가고 온갖 잡귀가 모습을 감춘다고 한다. 주역에서 닭은 팔괘 가운데 손巽에 해당하고 방위로는 남동쪽이며, 12지지地支에서는 10번째 유酉로 표시된다. 조류(새)로서 12가지 동물을 대표하는 것은 닭뿐이다. 닭이 표시하는 계절은 청량하고 시원한 날씨의 가을을 가리키며 결실을 거두는 추수의 시기이다. 절기로는 백로와 추분 사이다. 닭은 발가락이 네 개로서 음으로 친다. 그리스에서는 수탉이 악마를 물리치는 수호신으로 알려져 있고, 프랑스에서는 수탉을 정의, 용기, 평등을 상징한다 하여 국조國鳥로 삼았다. 또한 프랑스 화폐에 자부심의 표상으로 수탉 문양이 새겨져 있다.

닭은 오덕五德을 지녔다고 한다. 첫째 수탉의 머리 위의 붉은 볏은 문文으로 선비의 벼슬을 상징하고, 둘째 날카로운 발톱은 무武를 상징하며, 셋째 적을 만나면 물러서지 않고 온힘을 다해 싸우는 용기勇를 지니고 있고, 넷째 먹이가 생기면 서로 불러 나누어 먹으니 이는 인仁을 나타낸다. 다섯째 밤을 지키며 때를 놓치지 않고 알리니 신信을 뜻한다. 옛날 서산대사가 깨우침을 노래한 오도성悟到惺에서도 과봉성문오계過鳳城聞午鷄라 하여 낮닭 울음소리를 듣고 밤과 낮이 둘이 아니고 하나라는 천지간 이치를 깨달았다고 한다. 지금 마음속으로 느껴본다. 머리는 희었으나 마음은 늙지 않았다고 옛사람이 일찍이 말했다네/홀연히 이를 발견하니 온갖 것이 다 아침이 없어라. 오늘도 닭과 함께 부지런히 다녀가며 세상의 흐름에 몸을 움직여 보련다.

시골농장에는 닭 열 마리 키울 때 꼭 수탉을 한 마리 더 넣어서 무리를 통솔하게 한다. 그러면 암탉이 알도 잘 낳고 무리의 위계질서가 생겨 서로를 잘 보살핀다. 그동안 살면서 못 느꼈던 생활의 기본 양식을 이 동물들을 보며 다시금 돌이켜 생각하게 된다. 우리가 앞으로 살아갈 미래의 지표로 삼아야 하겠다.

닭은 술과도 연계된다. 비교적 순한 술을 표시하는 술 주酒자는 삼수水 옆에 닭 유酉로 닭이 물을 마시듯이 술을 마셔라 하는 의미이니 너무 과음하지 말라는 깊은 뜻이 있다고 할 수 있다. 진한 술을 가리키는 술 주酎는 닭 유에 마디 촌寸으로 진한 술은 짧게 나누어 천천히 마시라는 의미이다. 술을 마시는 시간도 유시로 지정한즉 오후 5시부터 7시 사이에 마시라 하여 옛 선인들은 닭을 술에 연관시키기도 하였다. 닭은 오래 전 삼국시대에 신라의 시조가 알에서 태어나오는 설화로 인해 유명세를 타기도 했다.

오래전부터 달걀과 육류고기를 얻기 위해 가축으로 사육되어온 닭은 인간에게 유익한 가금류로서 좋은 새라고 할 수 있다. 오늘도 닭과 같이 부지런을 떨며 사회생활에 앞장서 나가길 기대해본다.

전원의 꿈

오랜 도시생활에 싫증도 나고 가슴도 답답하여 일상을 뒤로한 채 훌쩍 여행이나 떠나볼까 하는 생각이 자주 들곤 하던 중, 어렵사리 결단을 하고 아내와 함께 집을 나섰다. 집에서 멀지 않은 곳에 텃밭이나 가꾸고 우리가 동경했던 전원생활을 할 수 있을 만한 곳을 찾아보기로 했다. 거의 주말마다 차를 끌고 수도권 주변을 돌아보며 물색을 하였다. 하지만 적당하다고 여겨지는 곳을 찾아가보면 가격이 만만치 않았다. 예상했던 금액과 차이가 커서 엄두를 못 내면서도 전원생활에 대한 생각을 접지 못하고 이곳저곳을 돌아다녔다.

그렇게 몇 년 지나고 보니, 그래도 보는 안목이 생겨서일까. 위치, 가격, 주위환경 등 여러 가지 잣대를 활용하여 나름대로 기준이 서게 되었다. 사실 사회생활을 시작하면서부터 도시에서 정신없이 바쁘게 지내면서도 막연하나마 이다음에 은퇴를 한 후에는 시골로 내려가서 채마밭이나 가꾸면서 조용히 자연을 벗 삼는 노후생활을 해야겠다는 생각을 하면서 푸른 초원 위에 그림 같은 집을 짓는 꿈을 꾸곤 하였다. 그래서 꽤 오랫동안 발품을 판 끝에 드디어 바라던 땅을 찾아내 계약서를 쓰고 올라오던 날 우리 내외는 기쁨으로 눈시울을 적셨다.

그곳은 나의 외가와 처가가 있는 이천시의 외곽으로 시오리길쯤 되는 시골이다. 토지도 맘에 들뿐더러 시가보다 좀 싼 듯하기에 서둘러 샀다. 그러나 도로로 연결이 되지 않는 소위 맹지일 줄이야. 후에 그곳으로 연결되는 토지를 사려다 보니 우리의 목적을 눈치챈 듯한 주인과 여러 차례 절충을 한 끝에 시세보다 조금 비싼 금액으로 살 수밖에 없었다. 결국은 줄 돈을 다주고 산 셈이 된 것이다. 그런데도 동네주민들 중에는 우리가 땅투기를 한다는 모함을 하는 사람까지 있었다. 어쨌든 농사를 지어본 적이 없는 나로서는 모든 것이 생소하기만 했으니 무모하고 힘만 들 뿐 소득 없는 고행의 길이었다. 오며 가며 우리를 바라보는 사람들은 딱하다는 듯, 농사는 아무나 하는 일이 아니라고 하면서 지나갔다. 이처럼 서울 송파의 집에서 이천까지 70㎞를 달려가 농사를 짓는 것은 무모하다고 하기에 마땅한 일이었다.

아무런 준비 없이 덤비듯 시도를 한 것이 잘못이었다. 잘못 끼워진 단추였음을 깨달은 우리는 먼 길에 자동차 기름 값도 못하며 다닐 것이 아니라 그 동네 사람에게 맡기어 농사를 짓는 새로운 활용방법을 찾아보기로 하였다. 근처에 숙소가 있어야 하룻밤이라도 묵으면서 처음의 계획을 실천할 수 있겠다는 생각에 건축이 가능한 전용허가를 받기 위해 관공서를 드나들었다. 하지만 이역시 쉬운 일이 아니었다. 진행하면 할수록 여러 가지 제약조건이 대두되었다. 우선 건축을 하면 1가구 2주택에 해당되어 중과세 문제가 생기고, 둘째 집을 지어놓았다고 하더라도 어느 정도 거기서 살지 않고 집만 덩그러니 세워놓으면 관리가 되지 않을 것이다. 게다가 어느 친구가 강원도 가는 길에 멋진 전원주택을 지어놓았는데 밤손님 문제로 골머리 썩이고 있음을 알게 되니 건축을 추진하던 일을 일단 보류하고 기다려 보기로 하였다. 결국 집을 지으려 해도 여러 가지로 마땅치 않고 농사를 지으려니 오가는 길에 뿌려야 할 시간과 돈 때문에 전원생활로 얻을 이익보다는 불편하고 불리한 점이 너무 많아 도시 농부의 일을 접고 말았다.

이후 동네 사람에게 땅을 맡겼더니 농사를 지으며 사용했던 비닐이나 농약병 등을 방치하여 이를 정리하고 청소하는 비용이 많이 들어가는 것은 물론, 토지마저 오염시키게 되었다. 할 수 없이 경계를 따라 펜스를 쳐놓고 시간나는 대로 틈틈이 오가면서 밤나무, 감나무, 호두나무 등 유실수를 심기 시작했다. 이다음에 손주들이 할머니 할아버지가 심어놓은 과일을 따먹으며 뛰어놀 수 있는 아름다운 농장을 만들어 보기 위해 차근차근 가꾸어 나갔다.

2012년에는 농장에 인접한 용인시로 이사를 하여 이전보다 통행거리를 약 20㎞ 줄이고, 매년 농사일지를 써가며 가꾸다 보니 어느 정도 체계가 서게 되었다.

한 해는 새해의 농사 계획으로 시작된다. 월령으로 음력 설부터 매월 24절기에 맞추어 부지런히 씨 뿌려 가꾸는 일이 제법 쏠쏠한 재미가 있다. 이제 누가 직업을 묻는다면 당당히 농부라고 대답하고 싶다. 설을 지나 대보름날부터 밭에 퇴비와 비료를 뿌려주고 토양 소독을 한 후 입춘을 지나면 감자파종을 한다. 농사월령에 맞추어 연이은 씨뿌리기로 본격적인 농사가 시작된다. 시장에서 상추, 쑥갓, 가지, 그 외의 여러 가지 채소의 모종을 사다가 심고, 하지가 가까워지면 밭두렁에 고구마 순을 심는다. 한창 농사철인데 비가 오지 않아 가뭄이 심해지고 모종이 타들어가는 것을 그대로 보고 있기 안쓰러워 물을 부을 때는 작물의 목마름을 바라보는 농심의 타는 가슴을 이해할 만하다. 물통 가득 물을 퍼 나르기도 했으나 사실 몸만 힘들지 해갈은 엄두도 못 낸다.

이것도 심고 저것도 가꾸고 싶은 마음으로 바쁘게 돌아가는 일정 속에 푹 빠져 지내다 보면 모든 것이 즐거움이다. 생명이 자라는 땅 냄새는 정말 좋다. 온몸이 지치고 땀에 뒤덮여도 마음만은 가볍고 푸근함을 느끼게 되니 이래서 사람들이 전원의 꿈을 꾸는 것은 아닐까.

그렇다. 하나님이 인간을 지으신 그 흙을 묻히며 거기에 젖어 석양을 바라보면 푸근함과 안온함을 느끼게 된다. 이것이 바로 인생길을 한 바퀴 돌아 고향집을 바라보며 느끼는 안심함이리라.

인연

    달력이 한 장 남은 연말이다. 절기 중의 동지섣달이며 사계절 중의 마지막을 향하여 달음질치고 있다. 산을 쳐다보면 어느덧 주위는 모두 숨어버리고 보이는 것은 옆에 서 있는 나목과 나뿐이다. 그럴 때면 더욱더 을씨년스러워 외로움에 젖어든다. 태어나 어린 시절을 보낸 시골과 학창시절의 친구, 군대의 동기, 사회생활 때의 주변 동료의 얼굴들이 주마등처럼 스쳐 지나간다. 내 주위를 머물다 간 한 사람 한 사람과의 추억이 스쳐 지나가며 어느덧 어린 시절이 떠오른다.

    처음 학교에 입학한 후 맞이한 겨울방학, 서울 큰댁의 증조할머님께 인사차 아버지께서는 나를 데리고 서울로 올라갔다. 그때 나는 버스를 처음 탔었는데 어찌나 멀미를 심하게 했던지 지금도 가끔 당시의 일이 생각난다. 비포장 시골길을 3시간이나 달려 을지로 6가의 버스 차고지에 도착하니 탈진해 쓰러질 정도로 힘이 들었다. 동대문에서 전차를 타고 종로 2가에서 내려 인사동 골목 안에 있는 승동교회의 앞집이 바로 우리 큰댁이었다. 처음 방문한 큰댁 기와집의 커다란 규모에 압도된 나는 어리둥절한 채 아버지 바짓가랑이 속으로 숨기만 하였다.

시골에서 처음 올라와 보는 서울거리는 낯설고도 신기하였다. 큰댁 증조할머니께 절하라는 말을 듣고 엉겁결에 엎어지듯 절을 했다. 증조할머니께서는 곶감과 엿을 꺼내 놓으시면서 "우리 종손이구나" 하시며 머리를 쓰다듬어 주셨는데 그 손길조차 어렵기만 했던 기억이 새롭다. 증조할머니께서는 우리 부모님이 결혼하실 때 직접 나서 승동교회에서 예식을 하게 하고 살림도 내주신 분이시라고 하여 아버지가 큰손자인 나를 일부러 데리고 와 인사시킨 것이다. 증조할머니께서는 큰댁 바로 뒤에 있는 승동교회를 섬기시며 권사 직분을 맡고 계셨다. 크고 잘 정돈된 대갓댁 한옥집 분위기로 인해 잔뜩 움츠러든 어린 나에게 증조할머니께서는 미소 띤 얼굴로 우리 집안의 내력을 차근차근 설명해 주셨다. 할아버님께서 이전에 순종 임금님의 영원(친구)으로 크셨다는 말씀도 해 주셨다. 어린 내 마음속에 핏줄에 대한 긍지를 심어주는 이야기였다. 그때 며칠간 증조할머니댁에 머물렀는데 큰댁 아저씨 네 분이 조카인 나를 무척이나 귀여워해 주셔서 종로거리와 창경원에 같이 구경 갔었던 것과 승동교회 종소리와 동시에 새벽기도에 참석하시던 증조할머님에 대한 기억이 한 조각의 추억으로 남았다. 항상 단아한 한복 차림으로 자손들의 미래와 건강과 행복을 위해 기도드리던 증조할머니의 모습이 생각난다.

군대를 제대하고 직장생활을 하는 중에 증조할머니께 인사차 들렀더니 결혼할 때가 되었구나 하시며 색시감을 교회에서 찾아 소개해 주셨다. 하지만 성사가 안 되니 서로가 인연이 아니라고 말씀하셨다.

그 후 80년대 소천하실 때까지 증조할머니께서는 두꺼운 성경책과 찬송가를 옆에 두고 사셨다. 지금도 문득 천국에서 내려다보고 계시겠지, 하며 증조할머니 생각에 잠기곤 한다.

어느덧 세월이 흘러 내 나이도 칠십을 넘어서니 친구들을 만나면 세월이 왜 이렇게 빨리 지나가는지 모르겠다고 말들 한다. 젊어서는 몰랐는데 나이들수록 시간의 흐름을 빠르게 느끼는 것은 시간의 소중함을 깨달아서인가. 앞으로 살 날이 살아온 날보다 짧아 아쉬워서인지도 모르겠다. 이별의 계절이 왔는지 학창시절부터 친하게 지내던 친구가 병원에 입원했다는 소식을 전해 듣고 부지런히 문병을 갔다가 코로나 확산으로 인하여 면회금지라는 말을 듣고 발걸음을 돌렸다. 그렇게 얼굴도 못 본 채 몇 주 후, 친구의 부음을 접하고 허전함과 세월의 무상을 느끼며 인생의 허무함이 가슴속 깊이 슬픔으로 다가온다.

사람이 태어나서 죽음에 이르는 것을 일생이라 부른다. 한평생이 길어야 100년을 못 사는 것을 그 안에 지지고 볶으며 사람과 사람 사이를 엮어가는 것이 인연이다. 눈 한 번 깜박 떴다 감는 사이가 찰나이고 손가락을 한번 튕기는 사이를 탄지라 하며 숨을 한

번 쉬는 시간을 순식간이라 부른다. 이렇듯 시간은 빨리도 지나간다. 순간 순간이 모여 초가 되고 60초가 1분이 되고 60분이 1시간이 되고 24시간이 하루가 되고 30일이 한 달이 되고 12달이 1년이 되듯이 시공에서 년이 모여서 겁이 된다. 4억 3천 2백만 년을 한 겁이라 부른다. 또한 겁이란 헤아릴 수 없이 길고긴 시간을 일컫는다. 옷깃을 한 번 스치는 인연도 500겁이 되어야 만난다고 하며, 일천 겁에 한 나라가 세워지고 이천 겁에 하루 동안 만나 동행하는 인연이 되고 삼천 겁에 하룻밤을 같이 지내는 인연이 되고 칠천 겁에 부부가 되는 인연이 되고 팔천 겁에 부모와 자식이 되는 인연이 되고 구천 겁에 형제자매가 되는 인연이 된다고 한다. 또한 일만 겁이 되어야 스승과 제자로 만날 수 있다고 한다. 그러니 우리가 일상생활에서 무심코 지나치는 일들이 얼마나 소중하고 귀한 인연인지 깨달아야 된다고 생각된다. 그냥 평상의 일상으로 무심결에 스쳐 지나가는 것도 인간의 일생 궤도 속에서 인연의 톱니바퀴에 맞추어져 있다고 본다. 이렇게 어려운 우주의 과정과 세계 속에서 만남과 헤어짐이 일어남으로 사람과 사람 사이의 인연이 형성되어짐은 보통의 과정이 아니다. 이런 만남 속에 뒤엉켜서 질시, 미움, 시샘이 난무하는 혼돈의 세계 속의 한 편이 되었을까? 그와 대칭으로 겸손과 양보, 질서와 준법, 양심과 존경이 서 있는 곱디고운 세계의 흐름 속에 만남이 양분되어진다. 음양오행설에서 음은 달이요 어둠이고 양은 해고 밝음이더라. 서로가 상생이 되어 흐름이 세월이고 그것이 쪼개져 나눰이 방향의 동서남북과 중앙이고 오행이니 봄, 여름, 가을과 겨울 사계가 또한 세월이더라. 세월의 흐름을 가래로 막을 수가 없어 옛 선인들은 순리대로 순종하며 살았다.

주역周易의 명리命理에서는 인생을 12개의 운성으로 나누었다. 상相, 왕旺, 휴休, 수囚에서 상의 세 개로 장생(새로이 태어남)과 목욕(어린시절)과 관대(청년시절)로 나눰과 왕은 건록(중년기), 왕(장년기), 쇠(노년기)이고 휴는 병, 사, 묘이고 수는 절, 태, 양이다. 봄이 가면 여름 오고 여름 가면 가을 오고 가을 가면 겨울이 오듯이 일년의 계절 순환 속에 생로병사의 일생이 돌아간다. 사람이 태어나서 어린 시절을 보내고 청장년을 보내면서 수많은 사람들과 엮이면서 만남과 헤어짐의 연속 속에 길을 가다가 옷깃만 스쳐도 인연이라는데 얼마나 많은 사람이 만났다 헤어졌는지 바닷가의 모래알처럼 많다. 한순간의 많은 인연을 소중히 간직한 채 한 해의 연말을 향해 달음질친다.

서체와 문인화 文印畵

초등학교 때 공책에 연필로 글씨를 쓰면 같은 내용의 글이라도 쓰는 아이들에 따라 그 모양이 제각각이다. 이처럼 필체란 각 사람에 따라 그 표현방법이 다르니 나타냄도 다르다. 개인의 품성品性에 따라 인성人性을 나타내고 개성個性을 표시함이 글자의 모양에 의해 표현된다고 한다. 또한 옛사람들은 글씨를 심성이라고 하여 마음에서 우러나온다고 했다.

옆자리 친구가 반듯하고 깔끔하게 예쁜 글씨를 쓰면 나도 모르게 같은 모양의 글씨체로 변하는 학습효과가 일어나기도 한다.

지난해 가을 북한산에 몇몇 친구와 어울려 등산을 했다. 산을 오르다 보니 도착한 곳이 비봉碑峰이다. 북한산에 웬 비봉인가? 안내문을 확인하던 중 삼국시대 신라의 진흥왕순수비로 국가경계비석을 세워놓았는데 그것도 모르고 세월이 흐른 후에야 조선시대 말 추사 김정희가 이를 발견하고 탁본을 뜨고 비문을 해독하였다고 한다. 그래서 수도 서울의 주산 북한산의 한 봉우리 이름이 비석이 서 있다 하여 비봉이라 한다. 이것을 읽고 역사에서 배웠던 추사 김정희에 대하여 관심을 갖게 되어 용산의 국립역사박물관으로부터 탐구하기 시작하였다.

추사 김정희(秋史 金正喜, 1786년~1856년)는 조선의 천재 중 한 사람으로 추사체라는 독보적인 글씨체를 남긴 금석학자이며 정치가로서 청나라에서도 존경하는 학자들이 많았다고 하는 대학자였다. 지난해 가을 하루 날을 잡아서 추사 고택이 있는 충남 예산군 신암면 용궁리로 발길을 옮겼다. 그곳 역사관에서 추사 김정희의 일대기를 알 수 있었다. 처음으로 추사 김정희의 붓글씨를 대하는 순간, 말로 표현할 수 없는 감동이 밀려왔는데 마치 살아 움직이는 듯한 글씨체에 완전히 압도당했다. 잔잔하고 깔끔하면서도 힘차게 용틀임을 칠 때 글씨의 의미가 가슴에 와서 닿으니, 이로써 쓰는 이의 의도가 읽는 이의 마음에 새겨짐이 글씨의 매력이 아닐까 하는 생각이 든다.

김정희는 조선 21대 임금 영조의 딸인 화순옹주와 사위인 김한신 사이의 증손자로 서울 명동 근처에서 아버지인 김노경과 어머니인 기계 류씨 사이에 태어나 3살 무렵부터 입춘첩을 써서 주위를 놀라게 하였으며, 북학의 대가 박제가의 제자로서 20여 세에 과거급제를 하고 부친을 따라 청나라 연경을 방문하여 원로 학자 옹방간과 완원을 스승으로 삼아 왕희지 필체인 오체(행서, 전서, 해서, 예서, 초서)를 습득하면서 학문의 폭을 넓히고 돌아와 그 유명한 추사체를 이루고 고유의 특징을 개발하여 금석학을 수립하기도 하였다. 당시 집권자들인 안동김씨 세력에 의해 모함을 받아 저 멀리 제주도로 귀양을 간 김정희는 어려운 환경에서도 꾸준히 글씨체를 갈고 닦아서 추사체를 만듦이 독보적이라 할 수 있다. 그중 유명한 문인화는 글을 통해 자신의 뜻을 표현하는 글과 그림으로서 특히 세한도歲寒圖는 역관인 제자 이상적이 중국 연경을 다녀와서 당시 중국의 유명서적 황조경세문편 120권을 제주까지 보내준 데 대한 고마움을 표시하기 위해 그린 문인화이다. 세한도에 쓰여 있는 세한연후지歲寒然後知 송백지후조松栢之後調는 '추운 겨울이 된 후에야 소나무와 잣나무가 시들지 않음을 안다'는 뜻이다. 스승과 제자 사이에 깊은 우의와 신뢰의 상징물로, 가로 69.2센티미터, 세로 23센티미터 되는 종이 중앙에 사각의 집 한 채를, 좌측에는 두 그루의 소나무, 오른편에는 두 그루의 잣나무를 그려놓고는 글을 적어놓았다. 보기에 단순한 여백의 그림이 추사의 심경을 잘 나타내어서 현대에 이르러 국보 180호로 지정될 정도의 대작이 되었다.

금년 초에 다시 제주에 여행할 기회가 되어 우리 아들과 며느리의 안내로 제주도 대정읍에 있는 대정현성을 방문하여 추사관을 돌아보게 되었다. 추사 김정희가 서울로부터 바다 건너 먼 제주까지 귀양을 와서 거처하던 곳을 돌아보니 감개무량하다. 이곳에 도착하여 보니 음력 정월 대보름이 며칠 지난 다음이라 추사관 주변에 수선화가 만개하여 바닷바람에 날리는 향기의 은은함이 코끝을 간지럽힌다. 추사가 수선화를 처음 심고 가꿨다고 안내서에 쓰여 있다. 추사가 유배지에 수선화를 심어놓고 외로움을 달래며 수선화의 꽃말처럼 사랑, 자존심, 고결, 신비로움으로 유배생활을 이겨냈나 보다. 추사관 입구에 들어서 무량수각無量壽閣이라는 현판 글씨를 보며 전서체의 힘찬 글씨에 매료되어서 자리를 떠날 수가 없었다. 전남 해남 대흥사의 무량수각 현판 글씨는 주지스님인 초의선사를 위하여 써 준 것이라고 한다. 그 당시 추사가 교류하던 사람들 중에 동년배로는 천재가 셋이 있으니 한 사람은 추사 김정희이고 둘째는 다산 정약용의 차남 정학유이며, 셋째는 전남 해남의 대흥사 주지인 초의선사(장우순)로 그 시대의 유명한 천재로 알려졌다. 한 세대에 살면서 각각 다른 분야의 출중한 인물로 역사의 한 획을 긋지 않았을까 싶다.

글씨의 서체로서 타의 추종을 불허함은 꾸준한 노력으로 이루어진 천재의 결과물이라 여겨진다. 서체(글씨체)의 장엄함과 우아함은 하루 이틀에 이루어지지 않고 오랜 세월의 정진과 수양에서 이루어진 것으로 고결한 정신이 함축되어진 작품이라 생각된다.

이런 사실들을 살펴가면서 나도 황혼의 남은 생을 보람 있는 글에 매진 노력하여 뭔가 하나의 작품이라도 남기고 싶다는 욕심이 슬며시 일어났다.

남도기행

　오래전부터 가보고 싶던 남도여행에 나서게 되니 설렘과 기대 속에 초겨울 새벽 어둠을 헤치고 달려간다.

　수원으로 이사와 살면서 조선 22대 임금님이신 정조의 명에 의해 다산 정약용(1762-1836)이 직접 설계하고 축조한 수원화성의 성곽을 둘러보았다. 18세기에 방어성곽으로 짜임새 있게 만들어진 성을 돌아보고 화성의궤에 그려진 세밀한 기록과 역사를 살펴보니 감탄을 금할 수가 없었다. 다산 정약용 선생의 천재성에 대한 궁금증과 호기심이 생겨 다산에 관한 책을 읽고 확인하게 되었다. 이렇게 훌륭한 사람이 우리의 역사에 한 획을 긋는 대학자요 과학자로, 또 건축가로서 알려져 있다는 것이 자랑스럽다. 수원화성 장안문 인근에 전시된 그의 발명품 거중기와 화성의 최고 건축물로 용의 머리와 뿔 형상인 방화수류정訪花隨柳亭, 이와 연결된 용연(연못) 등을 보며 호기심이 발동하여 남양주 마재의 다산 정약용 생가를 수차례 방문하며 유적을 찾아보기도 했다.

　다산의 대표작인 목민심서牧民心書는 목민관이 과거시험에 합격

한 후에 명을 받아 부임해가서 백성을 다스리는 법과 이조, 호조, 예조, 병조, 형조, 공조 등 6방 관속을 다스리는 업무지침서와 임무를 마치고 귀임하고 퇴직하는 내용을 세분하여 지은 행정에 관한 내용이고, 흠흠신서欽欽新書는 죄지은 자에게 내리는 형벌을 다룬 형법서이며, 경세유표經世遺表는 각종 세를 징수하는 기준을 써내린 기본서이다. 이로써 그의 대표적인 저서는 일표이서一表二書라 부른다. 양평 두물머리(양수리) 근처에 있는 다산 생가인 여유당與猶堂의 툇마루에 앉아서 여유당의 의미를 되새겨보며, 노자의 도덕경에 나오는 말로서 與(줄 여);의심 많은 이는 한겨울에 냇물을 차디찬 곳을 건너듯이 조심하고, 猶(오히려 유);겁이 많은 이는 사방 이웃 주위를 두려워하라고 주위의 환경에 민감한 흔적을 보이며 당호를 지었으니 그 시대의 사색당파 싸움에서 살아 지탱하기가 얼마나 힘들었을지 미루어 생각된다. 다산 정약용 선생의 가족사를 보면서 그 시대의 훌륭한 학자를 알아보지 못하고 시대의 정치편향과 종교(천주교)박해에 얽혀 귀양이라는 벌을 내리고 남도南道 강진 땅에 18년 동안 유배시킨 사실에 안타까운 생각이 든다. 모든 천재는 남의 시기와 질투의 대상이라서 매형 이승훈과 막내형 정약종은 신유박해 때에 새남터 형장에서 죽었고 둘째 형님 정약전은 흑산도로 귀양 가서 『자산어보』라는 어류 전문 기록을 남겼으며, 다산 정약용은 강진으로 귀양을 가게 된다.

이런 사전 지식에 더한 배움의 열정으로 남도여행을 강진부터 시작해 본다. 18년 동안 저 남쪽 강진 땅에서의 귀양생활이 어찌하였을까? 직접 내 눈으로 확인코자 새벽에 나선다. 쌀쌀한 아침 공기 속에 기온이 영하 4도로 차갑게 느껴진다. 전남 강진의 다산초당茶山草堂을 목적지로 하여 경부고속도로에 진입하여 천안분기점에서 공주를 경유하여 한 시간 만에 논산으로 접어들어 전주로 오니 두 시간 만에 전주 이서휴게소에 도착해 잠시 여유를 찾는데 누군가 이곳 휴게소 음식이 맛있다고 하길래 들어가 순두부백반과 김치찌개를 시켜 아침식사를 하니 다른 곳보다 엄청 맛있다. 이래서 남도음식이 맛있다 했나 보다.

광주로 들어서니 차가 밀려 외곽순환도로로 나주와 영암을 거쳐 강진에 들어와 강진 도암면 다산초당 입구에 도착한 것이 오후 1시 반이다. 남쪽지방이라 그런지 11월 말인데 마늘이 한 뼘 크기로 자라고, 벼 벤 논에는 싹이 파랗게 올라와 있고, 시금치밭은 출하 준비중이며, 동백나무와 유자나무 가로수들이 푸르름을 유지하고 있어 별유천지 느낌이다. 다산초당까지 걷는 길이 된비알길의 연속이라 힘들다. 오르는 초입부터 아름드리 나무들이 뿌리를 밖으로 드러내서 얽히어 바닥을 형성하고 있다. 이는 나무들의 삶의 지혜이다. 태풍이 자주 오는 지역이니 넘어지지 않고 같이 살기 위해 다른 나무의 뿌리와 서로 얽혀서 유지 지탱하지 않나 싶다. 초입에 무덤이 하나 있어 보니 다산의 18제자 중 한 사람인 윤종신이란 분의 묘소였다. 죽어서라도 스승을 섬기는 사도예의의 표상이 아닐까?

초당에 도착하니 산중턱에 위치한 곳이 아늑하고 편안한 느낌이 든다. 200여 년 전에 어떻게 이런 터를 선정하고 건물을 지어놓고 학문에 매진할 수 있었을까, 하는 생각이 든다. 안에는 다산 정약용 선생의 초상이 그려진 족자가 걸려 있고, 밖으로는 작은 연못이 있는 정원이 조성되어 있다. 이를 통해 마음을 정리함으로써 학문연구에 도움을 되지 않았을까? 뒷산 기슭 바위에는 음각으로 새겨진 '丁石(정석)'이라는 글씨가 있는데, 이는 정약용이 자신의 성씨를 넣어 직접 새겼다고 한다.

다음 목적지인 생태공원을 찾다가 시간이 오래 걸려서 사의재四宜齋 근처에 숙소를 정하고 구경에 나섰다. 사의재는 강진에 도착한 다산이 처음으로 머물렀던 주막이다. 주막에 방 한 칸 얻어 주모와 그 딸의 도움을 받으며 약 4년간 기거했다고 한다. 사의재란 당호는 생각, 용모, 언어, 태도의 네 가지를 의義로써 규제해야 할 방이라는 의미를 가지고 있다. 즉 정신은 더 맑게, 용모는 더 단정히, 말은 더 적게, 태도는 더 신중히 하여 학자로서 품위를 지키고자 하지 않았을까? 이런 다산 정약용 선생을 떠올리니 역시 많은 선비들에게 정신적 스승이 되셨던 분이며, 다산과 같은 훌륭한 스승이 도래하여 많은 가르침을 주고 간 전라도 강진 땅은 옛 선조의 품위가 스며 있는 지역 같다.

처음 방문한 도시라 저녁에는 이곳에서 유명한 한정식집을 찾아갔다. 미리 예약을 해둔 터라 시간에 맞추어 들어서니 종업원들이 한결같이 밝은 얼굴로 대해주어 기분이 무척 좋았다. 잠시 후 24가지 음식이 정갈하게 차려지니, 이렇게 맛이 있을 줄이야. 남도음식의 정수가 아닐까 싶다. 처음에는 신선한 회에서 시작해 나물 종류, 떡갈비 고기류, 튀김에서 보리굴비까지. 골고루 맛깔스러운 음식과 간도 잘 맞추어 기가 막힌다. 만족스러움에 먹는 즐거움이 살아난다.

둘째날, 쌀쌀한 초겨울 아침에 주차장에 내려가니 차의 유리에 성애가 하얗게 끼어 한참을 긁어내 닦고서야 출발이다.

완도군의 신지도 명사십리로 향한다. 청명하고 따뜻한 날씨에 해안도로를 끼고 달리니 어느새 기온이 16도로 적당히 올라가고 맑고 공기까지 좋으니 기분이 상쾌하다. 강진과 고금도 사이의 연육교인 장보고대교를 처음 건너며 흥미로웠다. 우리나라 도로망 곳곳이 많이도 발전하였다. 고금도 섬과 신지도 섬을 연결한 다리를 건너 신지도 명사십리 해변에 도착하니 가슴이 시원하게 트인다. 철종임금님 시절 안동 김씨들의 모함을 받아 억울하게 귀양을 와서 천리 먼길 신지도에 위리 안치되어진 우리 선조 이세보(경평군)님의 심경이 느껴진다. 명사십리의 우렁찬 파도소리는 120여 년 전처럼 똑같이 울고 있구나. 여기서 시조 77수를 지으시니 총 458수의 조선시대 최다 시조를 지으신 풍아風雅전집의 세시월령가와 한글 시조가 생각났다. 이곳의 저 파도소리가 얼마나 가슴의 한을 서리게 하셨을까 생각하니 후손으로서 가슴이 시려온다. 마음속으로 조용히 큰어른을 떠올려보며 남은 생애 부끄럽지 않은 글을 써서 남기겠다고 두손 모으고 다짐하여 본다.

우연히 만난 분과 이야기를 나누던 중에 이세보 시조비가 장좌리 수석공원에 있다 하여 그곳으로 향했지만 한 시간 정도를 찾다가 못 찾고 발걸음을 돌려야 했다. 이왕 온 길에 점심으로 완도항에 들러 맛집을 찾아 전복백반을 시켰는데 약 20여 가지 반찬에 생전복회가 일미로 입맛을 사로잡는다. 남도여행의 재미는 역시 먹는 즐거움이다.

다시 강진으로 와서 호텔 투숙 후 강진 오일장날 구경에 나섰다. 해안의 시골장은 각종 해산물이 넘친다. 석화(굴) 외 조개류와 각종 생선과 조기 등이 어우러져 있다. 시장을 보고 돌아오면서 왠지 서운한 감이 생기는 것은 내일이면 집으로 돌아갈 생각 때문인 것 같다. 남도의 따듯한 인심과 아름다운 풍경에 취해 맑고 깨끗한 남도에 다시 또 오고 싶어진다. 와서 보고 즐기며 생각한다. 다산 정약용 선생이나 시조시인 이세보 어른은 우리에게 글을 남기고 가신 선각자先覺者이시다. 모처럼의 남도여행을 마치고 돌아오는 내내 나는 이제부터 뜻있는 글 한 편이라도 써서 남겨보아야겠다는 생각이 떠나지 않았다.

일본 규슈九州 여행기

　　고등학교 동창 여섯이 함께 여행을 가보자는 오랜 의논 끝에 모처럼 시간을 내어 일본을 다녀왔다. 일본은 네 개의 큰 섬을 중심으로 이루어져 북에서 남으로 우리나라를 감싸 안은 형태의 섬나라다. 위쪽으로부터 홋카이도(北海島), 혼슈(本州), 시고쿠(四國), 규슈(九州)가 자리하고 그 주변의 도서 약 6천9백 개로, 북에서 남으로 약 2천8백㎞의 거리와 인구는 약 1억 2천7백만 명, 면적은 약 37만 8천㎢로 우리나라의 약 1.7배에 이르는 큰 나라다. 우리는 그중 제일 남쪽에 위치한 규슈(九州)를 여행의 목적지로 정했다. 우리나라와 제일 가까우면서 우리의 선조인 백제인들이 건너가서 세운 그곳의 역사를 더듬으면서 문화기행을 해보기로 계획하고 여행사를 통해 예약한 일정에 따라 출발했다.

　　규슈는 후쿠오카현, 사가현, 구마모토현, 오이타현, 나가사키현, 가고시마현, 미야자키현, 오키나와현 등 8개의 현으로 이루어졌는데 인구는 약 1천4백70만 명이고 면적은 약 4만 2천163㎢다. 오전 10시에 출발하는 비행기로 1시간 20분 만에 도착해보니 부산에서 직선거리로 약 200㎞밖에 안되는 가까운 거리지만 경도는 제주보다 아래쪽으로 더 내려와 있다.

첫 코스로 규슈의 후쿠오카(福岡)현을 접하면서 받은 느낌이, 첫째로 산에 100년 이상 된 쭉쭉 뻗은 나무의 조림이 잘되어 있고, 둘째는 일반인들의 남을 배려하는 생활습관과 질서의식이었다. 셋째는 건물과 유물의 보존성이 탁월하여 과거를 통하여 현재와 미래를 내다볼 수 있게 함은 우리도 본받아야 되겠다는 생각을 하게 했다. 규슈 주변의 바다는 후쿠오카현이 경제와 문화, 정치의 중심으로 북규슈의 북서쪽이 세토나이가이 내해이고 북쪽으로는 시모노세키 해협, 서쪽으로는 쓰시마 해협으로 이를 합쳐서 대한해협으로 부른다. 대한해협은 제일 깊은 곳이 약 200m이고 얕은 곳이 100m라는 설명이다.

후쿠오카현의 하카다(博多) 항구는 우리와 많은 연관성이 있다. 우선 지명인 하카다(博多)는 한국말이다. 우리나라에서 건너간 백제인들이 도착해서 첫마디가 밝다(博多)고 한 것이 일본어로 하카다로 쓰여진 유래라고 한다. 하카다는 일본이 처음으로 외국문물을 받아들인 항구이다. 12세기경에 하카다 상인이 중심이 되어 항만시설을 건설하고 중국의 송나라와 본격적으로 교역을 하다가 13세기에 원나라의 침공시 원나라 원정군이 태풍으로 인하여 전몰한 사건이 있은 후에 규슈에서 가미카제(神風)가 탄생하게 된다. 태평양전쟁 당시 가미카제라 하여 출격하는 전투기에 도착지까지 갈 수 있는 연료만 주입한 후 폭탄을 싣고 연합군의 전함에 자살공격을 하였다. 그곳에서는 가미카제의 정신을 높이 평가하고 있었다. 죽기 아니면 살기식의 정신문화인가…

일본인을 대하면 한결같이 친절하다. 그래서 그런지 그들의 습성은 메이와쿠 문화, 즉 남에게 폐를 끼치는 것을 삼가려는 정서를 보편적으로 지니고 있다. 예컨대 전철 안에서 떠들거나 시끄럽게 휴대전화를 하지 않는다. 다른 사람에게 불편을 끼치지 않는 이런 정신은 배울 만하다고 생각한다. 그들의 특성은 겉마음인 다데마에(建前)와 속마음인 혼네(本音)를 따로 가지고 있다고 한다. 겉으로는 항시 미소를 지은 채 개인적인 욕구와 감정을 담은 속마음을 드러내어 주장하거나 추구하려 하지 않고 단체를 위하여 기여함에 우선순위를 두어 모두가 함께 좋은 방향을 찾아간다는 삶의 철학을 가지고 있다고 한다.

도착 첫날 후쿠오카현의 다자이후(太宰府) 텐만구(天滿宮)를 방문했다. 일본 학문의 신이라는 스가와라노 미치자네(菅原道眞, 845~903)를 섬기는 절이다. 재주가 뛰어났던 스가와라노 미치자네는 일찍이 교토(京都)의 정계에 진출하였다가 주변의 시기와 질투를 받아서 다자이후로 귀양 왔다 죽음을 맞으니 교토의 집에 있던 매화나무가 날아와 박히며 꽃을 피웠다는 전설이 있다. 텐만구의 앞뜰에는 날아온 매화, 즉 비매飛梅라고 불리는 오래된 매화나무가 있으며, 스가와라노 미치자네의 시신을 옮겨가려고 우마차를 준비했으나 소가 한 발짝도 움직이지 않아 옮기지 못했다며 황소 모양의 청동상을 세워놓았는데 그 동상의 뿔을 만지며 소원을 빌면 그대로 성취된다는 말이 전해지고 있었다. 우리가 간 날도 단체로 온 학생들이 소원성취를 기원하기 위해 길게 늘어서 차례를 기다리고 있었다.

일본은 곳곳에 신사와 절을 세워놓고 참배하는 개인 숭배사상과 미신으로 꽉 차 있었다. 복 주시는 분은 오직 하나님뿐이라는 사실을 알지 못하고 사람들이 만들어놓은 우상에게 복을 빌며 그 앞에 늘어선 모습들이 우스꽝스럽게 느껴질 뿐이다. 성경은 하나님의 말씀대로 사는 자녀들에게 복을 주신다(신28:1-14)고 약속하셨고, 하나님의 독생자 예수를 구주로 믿는 자는 하나님의 자녀권을 회복하여 영생하게 되는 가장 큰 복을 약속(요1:12)하고 있다. 이곳을 돌아보며 미신을 믿고 매달리는 이들의 어리석고 측은함에 안타까움을 금할 수 없었다.

다자이후(太宰府)는 백제의 후손이 나당연합군에게 나라를 잃고 찾아 흘러온 곳이어서 문물을 보면 한국의 정서가 묻어난다. 6세기경에 축성된 토성이 백제의 풍납토성과 유사하고 언어에도 우리의 말투가 곳곳에 배어 있다. 일본에서는 백제百濟를 쿠다라라고 부른다. 이는 큰나라(母國)로 부르다가 쿠다라가 되었고 이 지방에서는 총각(결혼 안 한 남자)을 총가로 부르고 있어 한반도에서 건너온 한국인의 피가 흐르고 있음이 엿보인다. 얼마전에 생일을 맞은 일본의 아키히토(明仁) 천황이 자기 피의 반은 백제의 피라면서 자신이 백제의 후손임을 자처하기도 했다. 6세기경 일본에 들어온 백제 왕가에서 화씨和氏부인, 즉 다카노노 니카사는 백제 무령왕의 순타태자純陀太子의 딸인데 그 몸에서 낳은 아들이 일본의 50대 간무천황으로 현재의 아키히토 천황이 125대이며 일본서기에 기록된 근거로 자신의 조상에게 백제의 피가 흐르고 있음을 자처한 것이다.

후쿠오카현에서 구마모토현으로 가는 도중의 후나야마(船山)산에는 5세기경의 고분이 있다. 고분의 문이 남쪽으로 났고 형태가 전방후원식이며 공주 무령왕릉의 출토품과 거의 같다.

규슈는 모양도 우리나라 지형과 거의 같다. 우리 일행은 유후인 온천지역과 긴린호수를 관광한 후에 벳부(別府) 오이타(大分)현의 여관 다다미방에서 느긋하게 쉬며 하루를 보냈는데 온천물에 몸을 담그니 피로가 싹 가신다. 저녁식사로 나온 가이세키 정식은 앙증맞은 그릇에 조금씩 담겨서 나와 오히려 식욕을 돋군다. 역시 일본의 음식문화는 깔끔하고 맛도 있다. 우리나라 관광지도 바가지 상흔이 없어져 여행객이 기분 좋게 자주 찾는 정직하고 깨끗한 곳이 되면 좋겠다는 생각을 해본다. 밤에는 야외온천에 몸을 담그고 여섯 친구가 담소를 하니 세파에 물든 때가 말끔히 씻겨 나가는 것 같았다.

다음 날 아침 숙소에서 뷔페식으로 차려진 식사를 하고 가마도 지옥 온천지대와 유노하나 유황 생성지역을 돌아보았는데 크지 않은 지역을 아기자기하게 꾸며놓고 관광객을 유치하는 관광산업으로 돈을 벌고 있음을 보며 우리도 서비스산업 및 관광개발로 외국 관광객을 유치해 볼 만도 하다는 생각을 했다.

그날 저녁에 구마모토로 가서 기구치 관광호텔에 숙소를 정했는데 그 주위에는 백제인들이 와서 기거하던 도읍지 일부와 구마모토성이 있다. 1592년 임진왜란과 그 후 정유재란 때 도요토미 히데요시(豊臣秀吉)의 지시를 받아 우리나라를 침략했던 가토 기요마사(加藤淸正)가 세웠다는 구마모토성을 둘러보면서 이들이 우리의 문화재를 수탈하고 사람들까지 끌고 온 것을 생각하니 앞으로 우리 대한민국도 정신을 바짝 차려야 되겠다는 느낌이 들었다.

셋째 날 아침, 후쿠오카 성터와 오호리 공원을 돌아보고 후쿠오카 타워와 인공해변과 캐널시티에서 사시미정식으로 식사를 한 후에 귀국행 비행기를 타러 이동하는 중에도 일일이 표현할 수 없는, 그러나 그동안 무심히 지나쳤던 많은 생각을 하면서 귀국길에 올랐다.

나는 할 수 있다

군복무 중인 1972년 초여름에 공수특수전훈련에 들어가면서 특전사 부대 막사 앞에 크게 쓰여 있는 "안 되면 되게 하라!"는 구호를 보면서 이제부터 힘든 훈련을 이겨내야 한다는 각오로 훈련에 임하였다. 새벽부터 완전군장을 하고 십여 km의 천천히와 빨리를 순서 없이 뛰는 공수구보 때는 체력의 한계로 현기증이 나고 숨이 턱에 차면서 입에서는 단내가 날 정도였고, 반복되는 5단계 착지훈련과 송풍훈련 등으로 군복은 땀에 절어 소금기가 하얗게 등에 배어 나왔다. 공중두려움을 극복하기 위해 막타워에서의 뛰어내리기를 수없이 하며 군가와 "안 되면 되게 하라!"고 구호를 외치던 그 시절에 무장된 정신이 내가 살아온 인생행로에 큰 도움이 되었다고 생각한다.

제대 후 1974년에 들어간 첫 직장인 무역회사에서 처음 맡은 업무는 수출입 서류를 들고 은행을 찾아 수출서류 진행을 하는 일이었다. 수원에서 1호선 전철로 서울역까지 와서 충무로 사무실까지 걸어서 출근하던 그 당시는 한 시간에 한 대 정도 드문드문 전철이 다니던 시절이었다. 나는 항상 남보다 한 시간 먼저 새벽 출근하고 한 시간 밤늦게 퇴근하는 것을 미덕으로 생각하며 성실한 근무태도만이 살아나아갈 길이란 일념으로 아침 8시 출근과 저녁 7시 이후의 퇴근인 일상을 보냈고, 토요일도 오전근무는 물론 오후 5시까지 일에 묻혀 살았다. 한 달의 반은 일요일에도 출근하여 일을 하곤 하였다. 그때는 직장과 일이 있음을 감사하게 생각하고 회사근무를 천직으로 받아들이며 일의 성취를 보람으로 여겼다.

무역과는 특히 해외수출을 목표로 동종의 다른 회사들과 경쟁을 하며 맡은 일에 책임감을 갖고 임하였다. 하루는 부장님에게 불려가니 우리 회사에서는 영어만 해서는 안 되니 제2외국어를 해놓아야 된다고 일본어나 중국어를 권하며 선택하여 공부해 보라고 하였다. 근무시간으로 꽉 차 있는데 외국어 공부까지 하라고 하니 외국어 학원이라도 다녀야 할 텐데 저녁 늦게까지 일하게 되니 공부는 독학으로 할 수밖에 없었다. 하여튼 일본어를 배워보기로 작정하고 출퇴근시간을 이용하여 전철 안에서 책을 볼 생각으로 일본어 교본을 선정한 후, 가타카나와 히라가나 오십음도부터 쓰고 외우기를 반복하며 1과부터 50과까지 반복학습을 시작했다. 첫날부터 머리에 들어오지 않음에 실망도 되었으나 오직 집중과 노력 외에는 선택의 여지가 없었다. 차츰 일본어 단어 하나하나보다 문장 전체를 암기하는 것이 더 낫다는 생각이 들었다. 요령이

나 꾀로 이길 방법이 없기에 미련스런 암기방법으로 전면승부에 들어간 지 8개월 후 책 한 권을 암기할 수 있었다.

사회생활이 다 그렇듯이 집중과 노력만이 좋은 결과를 얻게 된다. 힘들게 암기하고 복습하고 예습하기를 수없이 반복한 후 약간 이해가 되기 시작할 무렵 회사에 일본 손님이 찾아왔다. 우리 부서 부장님이 그 손님을 모시고 상품전시실로 들어가 상담을 시작하였는데 부장님은 영어로, 일본 손님은 일본어로 하다 보니 서로 말이 통하지 않아서 나중에는 필담으로 소통하던 중 답답하여 사무실에 와서 지나가는 말로 혹시 일본어 할 수 있는 사람 없느냐고 물었다. 그래서 제가 조금 할 수 있다고 하였더니 같이 가보자고 하여 공손히 일본말로 처음 뵙겠다는 인사를 하니 일본인 사장님이 반색을 하였는데 문장을 전부 외운 것이 실전에서 이렇게 유용하게 쓰일 줄이야. 그리하여 첫 상담을 무난히 마치고 나의 생애 첫 주문 35만 불어치를 받을 수 있었다.

그날의 상담으로 나의 미래가 뒤바뀌었다. 그날 상담하신 일본인 사장님의 초대로 일본으로 출장연수를 가게 되었다. 김포공항을 출발하여 일본 도쿄 하네다공항으로 75년 첫 해외여행을 가게 되어 얼마나 감격스러웠는지 모른다. 설레는 마음으로 첫 해외여행의 기대감에 싸여 비행기에 몸을 실으니 모든 게 신기하기만 하여 지금도 그때를 잊지 못하고 있다. 처음 도쿄 하네다공항에 도착하여 리무진버스로 도쿄시내터미널(Tokyo City Air

Terminal)로 이동하여 거래처 직원을 만나 안내를 받아 호텔로 이동하는데 생소한 느낌이 시골에서 처음 서울에 도착한 듯 어리둥절하였던 생각이 난다. 그 당시 우리나라에는 없었던 자동문과 에스컬레이터를 보며 상당히 신기했고, 우리보다 몇 십 년은 앞선 문화를 접하며 느끼는 신비로움은 경이롭기까지 했다. 깨끗한 환경과 사람들의 친절한 인사성, 전철 안에서 대부분의 사람들이 책을 읽는 모습 등등 처음 대한 일본의 문물은 모든 게 신기하였다. 서울의 지하철 노선이 하나뿐인 시절에 도쿄의 지하철 노선은 수십 개에 달했으며, 차들의 홍수 속에 각 가구별 자가용 자동차가 한 대 이상 있다는 설명을 듣고 눈이 휘둥그레졌다.

도쿄 중심지의 긴자다이치호텔에 투숙했던 나는 거래처인 게이요상교회사 사무실이 있는 이케부크로역까지 도쿄지하철 순환선인 빨간선 마루노우치선을 타고 아침에 출근을 하였다가 오후 늦게 퇴근을 하며 한 달 간 머물렀다. 이후에는 품질을 관리하는 간사이공장으로 가게 되어 도쿄에서 오사카까지 시속 약 230㎞로 달리는 신칸센열차를 탔다. 당시 우리나라는 새마을열차가 시속 100㎞ 정도로 서울에서 부산까지 4시간 걸리던 때였다. 700여㎞를 2시간 반 만에 도착하여 신오사카역에 내린 후 한큐센 난바역 근처 우메다의 거래처 사무실과 제품 창고를 방문하고 일주일 업무협의 근무 후에 전철을 이용, 고베를 거쳐 히메이지에서 전철을 갈아타고 도유오카의 공장으로 가게 되었다. 도유오카는 우리

동해바다를 마주하는 바닷가에 있는데, 약 1년간 품질관리 교육을 받으며 지냈다. 전직원이 종합품질관리(TQC, Total Quality Control) 즉 첫째 무재해, 둘째 무결점, 셋째 완벽한 제품을 목표로 노력해 나갔다.

한편, 일본인의 뛰어난 정신력을 본받아야 된다고 생각한 일이 있었다. 당시 공장기숙사에서 화장실을 갈 때마다 반짝반짝 깨끗하여 의아하게 생각되었는데, 알고 보니 새벽에 머리 하얀 팔십대 회장님이 긴 고무장갑을 끼고 와서 매일 아침 화장실 변기 청소를 했던 것이다. 이를 보고 느낀 점이 많아져 나는 지금도 나의 건물 화장실 청소를 직접 하고 있다. 또한 일본 체재 중 사무실 벽에 일일 본받을 만한 말이 한 구절씩 쓰여 있었는데 그중 이런 말이 있어서 지금도 외워보곤 한다. "데끼루 데끼루 데끼마쓰 데끼루 캉가에떼 데끼마쓰 데끼나이 캉가에떼 데끼나이… 할 수 있다 할 수 있다 할 수 있다고 생각하면 할 수 있고 할 수 없다고 생각하면 할 수 없다."

40여 년 전의 긍정의 생각과 도전의 정신을 본받아 이루어낸 현재의 내가 아닌가 생각해본다.

초여름날의 음식기행

고희를 지나면서 웬일인지 옛날에 먹던 음식이 자주 떠오른다. 옛날 생각에 잠길 때마다 그 시절의 먹거리를 먼저 떠올리게 되는 것이다. 요즈음에 흔해진 텔레비전의 음식방송에서 음식을 조리하면서 설탕과 인공조미료를 적지 않게 치는 것을 보게 되는데 그럴 때마다 우리 입맛도 새롭게 길들여지고 있지 않은가 하는 생각과 함께 더욱 옛날 음식을 생각하게 된다.

6월의 중순이 지나고 낮이 길어지는 하지 때가 되면 이른봄에 심어놓은 감자밭에 보랏빛 꽃이 피고 어느새 키가 쑥 자란 보리밭이 누렇게 변한 사이로 구불구불 나 있는 길을 따라 학교를 다녔다. 그때쯤 보리깜부기병에 걸려 잘 익어가던 보리이삭이 까맣게 변한 것이 눈에 띄면 그걸 뜯어 먹고 입이 온통 새까맣게 되었던 적도 있었다. 그런가 하면 까맣게 병이 걸린 이삭을 뜯어다 밭주인에게 가져다 주면 한주먹에 쥘 만한 묶음에 빨간 일원짜리 돈을 주기도 하여 열심히 뽑으러 다닌 기억도 있다. 그걸 뽑아다 주고 돈을 받아 누가밀크캔디를 사먹을 수도 있었기에 그때쯤에는 학교 수업을 마치고 집으로 돌아가는 길에 깜부기를 뽑는다고 보리밭을 헤집고 다니며 장난치기 일쑤였다.

그 시절의 등하굣길은 그냥 재미있는 놀이터였다. 밭 아래쪽으로 이어진 논둑에 쪼그리고 앉아 물에 손발을 담그고 가만히 들여다보면 모내기를 한 논에서 벼가 뿌리를 내리고 잎이 파릇파릇하게 자라는 사이사이에 개구리로 변형되어 가는 여러 형태의 올챙이들과 꽤 크게 자란 우렁이가 천천히 논바닥을 기어다니는 게 보인다. 바짓가랑이를 걷어 올리고 논바닥을 더듬으며 우렁이를 잡아다가 대야에 넣고 물을 부어 놓는다. 그걸 슬쩍 익혀서 속을 빼낸 후에 우렁된장찌개를 끓이면 달달한 된장찌개의 맛과 우렁이의 쫄깃한 식감이 더하여 밥맛을 돋운다. 거기다가 텃밭에서 상추와 쑥갓을 뜯고 장독대 옆에 심은 실파를 뽑아 우렁쌈장을 얹어서 쌈을 싸 한입 가득 물고 볼이 터져라 씹으면 상추의 쌉싸름함에 쑥갓과 실파의 향이 퍼지면서 연출되는 오묘한 맛에 밥 한 그릇이 뚝딱이다.

또한 초여름이 되면 생각나는 음식이 있다. 콩밭 사이에 심은 열무와 얼갈이배추가 먹기 좋게 자라고 고추밭에 고추가 막 붉어질 때면 붉은고추와 마늘을 절구에 빻아 넣고 쌀풀을 쑤어서 열무김치를 담근다. 비가 내린 새벽이나 오후에 막대기 하나와 소쿠리를 들고 뒷산에 올라 수풀을 헤치다 보면 노란색 꾀꼬리버섯, 소나무 청버섯, 갈색의 느타리버섯이 여기저기 고개를 내밀고 있어 이를 따다가 소금에 살짝 절여서 애호박과 감자를 함께 넣고 된장과 고추장을 섞어 풀어 끓인 생버섯찌개에 보리밥을 비벼서 열무김치를 얹어 먹는 그 맛은 다른 어느 것과도 비교할 수 없이 맛있고 달았다. 학교를 마치고 시오리길을 걸었으니 시장하던 중에 먹던 보리밥과 버섯된장찌개, 갓 익은 열무김치뿐이지만 지금도 그 맛이 잊혀지지 않는다. 모두가 가난하던 때, 간식은 생각도 못하고 그저세 때 밥만 바라보던 어린시절의 잊혀지지 않는 맛이었다.

초봄에는 집 뒤의 커다란 가죽나무에 기어 올라가 새순을 따서 뜨거운 물에 살짝 데친 다음에 찹쌀풀을 입혀 싸리나무 소쿠리에 넣어서 말리는데 나중에 튀겨 먹으면 그 맛이 기가 막힌다. 일부는 생으로 고추장에 박아 장아찌로 담그고, 일부는 간장에 재워놓기도 하는데, 데친 것을 고추장에 찍어 먹으면 가죽나물의 특이한 향기가 입맛을 돋운다. 또한 한 겨울을 난 짠지무는 냉수가 제격인데 실파를 송송 썰어 넣고 고춧가루를 살짝 넣어 먹으면 여름더위로 잃은 입맛을 돋우는 촉매제가 아닐까 생각하며 내 일생의 저편인 60년 전의 입맛기행을 오늘도 해본다.

청국장

설날이 지나고 정월 대보름을 앞두면 어머니는 해마다 날을 잡아서 콩을 가마솥에 넣고 삶는다. 커다란 함지박에 물을 받고 콩을 담가 하룻밤을 불린 다음 반질반질 윤이 나는 큰 가마솥에 넣고 장작불을 지펴 푹 삶으셨다. 타닥타닥 장작 타는 소리와 구수하게 콩 익는 냄새가 날 때면 누가 부르지 않아도 형제들이 부뚜막 가마솥가로 모여든다. 옹기종기 쪼그리고 앉아 김이 모락모락 오르는 가마솥을 쳐다보면서 언제 뚜껑이 열리나 기다리는 시간이 왜 그리도 길게만 느껴졌는지. 드디어 어머니가 덜커덩 가마솥 뚜껑을 여시면 와! 하고 환호성이 터진다. 커다란 나무주걱으로 휘저어 잘 익었는지 맛을 한 번 보시고는 제비새끼처럼 어머니 입만 쳐다보고 있는 우리들에게 호호 불어 한 숟가락씩 떠 넣어 주셨다. 군것질은커녕 배고프던 시절이라 그 삶은 콩의 달콤함은 결코 잊을 수 없이 맛있는 간식거리였다. 푸욱 무르도록 삶은 콩을 큰 소쿠리에 담고 중간 중간에 볏짚을 꽂아넣고는 커다란 양푼을 덮고 다시 이불로 폭 싸서 안방의 아랫목 제일 따뜻한 곳에 갈무리하기를 며칠, 알맞게 발효되어 색깔이 누르스름하게 변하고 끈적거리면서 뒤적이면 실 같은 끈이 나오고 청국장 특유의 냄새가 진동을 했다. 어머니는 거기에다 깐마늘과 거친 고춧가루, 소금을 넣고 뒤울안에 있는 절구로 대충 찧어 도톰한 원반 모양으로 여러 개를 만드셨다. 아마 그 크기는 할아버지를 포함한 우리 식구들이 한 끼에 먹을 만한 분량이었을 것이다. 어린 마음으로는 냄새가 나는 청국장 덩어리를 왜 그리 많이 만드시나 했었다. 나는 그 청국장의 구수한 맛을 잊을 수 없어 어머니를 떠나 직장생활하던 중에도 가끔 청국장을 사먹곤 했지만 그 옛날 어머니가 끓여 주시던 청국장찌개만큼 구수하고 담백한 맛을 어느 식당에서도 느껴보질 못했다. 어머니의 손맛과 감칠맛은 유명한 식당의 요리사보다 낫다고 우리 오남매는 기억하는데 그중에서 청국장찌개 맛은 세상 누구도 따를 수 없는 맛이라고 곧잘 이야기를 했다.

내가 1972년에 군대에 입대하였을 때 16주간의 교육기간 중 10주간을 마치고 첫 외박을 나와 고속버스를 타고 저녁나절에 집에 도착하니 어머니는 배고프겠다며 청국장찌개를 끓여 밥상을 차려주셨다. 그 이튿날 부지런히 귀대하니 외박 나가서 잘 먹고 왔을 거라는 이유로 밤늦게까지 기합을 받았는데 사실 고기 한 점 없는 청국장찌개를 먹고 와서 땀을 뻘뻘 흘리며 기합을 받던 생각을 하면 지금도 쓴웃음이 나온다.

오래전 일본에 갔을 때 TV에서 일본식 청국장이랄 수 있는 낫또를 대대적으로 선전하고 있었다. 그때 일본의 식품연구학자가 발효시킨 콩의 성분을 분석하여보니 인체에 좋은 성분인 나또끼나제가 가장 많이 나왔다고 하여 낫또라고 이름지었다면서 인기리에 판매를 하고 있었다. 낫또는 사람의 혈관에 쌓이는 콜레스테롤 수치를 감소시켜주는 역할을 하여 뇌혈관질환과 심장질환은 물론 뇌졸중의 방지 및 치료에도 탁월한 효과가 있다고 한다. 또한 낫또에는 인체에 유익한 식이섬유가 풍부할 뿐만 아니라 유익한 균이 1g당 10억 마리 정도 들어 있어서 장질환 예방에도 좋고 면역력을 강화시켜서 항암효과도 있으며, 칼슘 성분도 다량으로 들어 있어서 골다공증 예방에 효과가 있고 간기능의 강화에도 도움을 준다고 한다. 또한 낫또를 먹으면 포만감을 느끼게 하여 다이어트에도 좋고 피부미용에도 탁월한 효과가 있다는 등 이루 헤아릴 수 없는 극찬으로 선전을 하였다.

　나도 내심 호기심도 일어나고 하여 내친 김에 밥에 낫또와 함께 겨자와 간장을 뿌린 날계란 노른자를 얹어서 젓가락으로 휘휘 저은 후에 김을 덮어 먹어보니 그 나름의 맛이 있기에 그때부터 일본에 출장을 다녀올 때는 꼭 낫또를 사가지고 와서 냉동실에 보관하며 먹었다. 그렇지만 우리의 입맛에는 우리의 청국장이 가장 잘 맞는 것 같아 요즈음 시장에서 청국장을 사다가 묵은지를 넣고 끓인 청국장찌개를 즐겨 먹는데 매끼를 먹어도 질리지 않을 만큼 우리 식탁을 차지하는 기호식 및 건강식으로 자리를 잡고 있다. 청국장이야말로 조상의 지혜로 이뤄낸 대표적이고 자부심을 가질 만한 전통식품 중의 하나가 아닌가 생각한다.

잘 발효된 청국장에 신 달랑무김치를 넣고 푹 끓여 무가 부드럽게 익은 걸 이제 구순이 되어 치아가 없는 어머니께서 먹기 좋다면서 건져 드시는 걸 보노라면 젊은 날의 어머니의 모습이 떠오르곤 한다. 맏자식으로 그런 어머니에게 효도를 제대로 못하는 나 자신을 생각하면 가슴이 먹먹해질 뿐이다. 지금은 아내가 끓여주는 청국장을 대하면서 옛날 어린 시절의 생각에 잠겨 미처 못다한 일들만 겹쳐서 떠오르니 어쩌면 후회하고 뉘우치면서 뒤돌아보게 됨이 정녕 인지상정인가, 아니면 나 혼자 생각하는 인생사인가? 인생 칠십 고개를 넘어 맞는 두 번째의 겨울이 잠 못 드는 사이에 깊어가고 있다.

얼굴

　사람의 신체부위 중 가장 중요하게 내세울 수 있는 곳은 얼굴이다. 사람의 희로애락喜怒哀樂의 감정을 완벽하게 감추지 못하고 표정으로 드러내는 곳이 얼굴이기에 또한 자신의 마음이 들켜 읽히게 되는 곳이 얼굴이다. 자기의 얼굴이지만 자신이 직접 들여다보지 못하고 거울을 통하여만 볼 수 있다.

　미국의 사우스다코다주에 있는 러시모어산(Mt. Rushmore) 정상 부근에는 미국의 조각가 존 거츤 보글럼(John Gutzon Borglum, 1867-1941)이 주의회의 의뢰를 받아, 1927년부터 1941년까지 약 14년에 걸쳐 400명의 조각가를 동원하여 건물 6층 높이에 해당하는 약 18미터 크기로 미국의 역대 대통령 중에서 선정한 4명의 얼굴상을 조각하여 놓았다. 그 첫째는 미국의 초대 대통령인 조지 워싱턴(1732-1799)으로 영국에 대항한 독립전쟁에서 승리하였고, 둘째는 제3대 대통령인 토머스 제퍼슨(1743-1826)으로 독립선언서를 기초한 외에 미국 역사상 영토를 최대로 넓혔는데 1803년에 캐나다의 국경으로부터 미국 동남쪽 멕시코만에 이르는 광대한 지역을 프랑스로부터 사들이고 미국의 50개 주 중에서 15개주의 영토를 넓혔다. 셋째는 제16대 대통령인 에이브러햄 링컨(1809-1865)으로 남북전쟁을 승리로 이끌어 미합중국연방제를 확고하게 하고 흑인노예 해방을 선포한 것으로 유명하다. 넷째는 제26대 대통령인 시어도어 루스벨트(1858-1919)로 태평양과 대서양을 장악하고 두 바다를 연결하는 파나마운하를 건설하였다. 거대한 화강석 바위에 예술작품화한 얼굴들의 근엄하면서도 진실성 있는 표정을 보고 있노라면 물론 그들이 이룬 업적도 중요하지만 조각을 통해 그들 내면에 깃들인 품격을 잘 표현한 조각가의 열성과 노력도 엿볼 수 있다.

한편 미국의 작가인 너대니얼 호손(Nathaniel Hawthorne, 1804-1864)이 1850년 발표한 「큰 바위 얼굴」이라는 소설에 나오는 글을 학창시절 교과서에서 읽은 기억이 난다. 미국 뉴잉글랜드의 높은 산과 계곡을 배경으로 풍요로운 마을이 자리잡고 있고 계곡에서 산을 바라보면 사람의 형상과 아주 흡사한 바위들이 마을을 내려다보고 있다. 가까이서 보면 단지 바위일 뿐이지만 사람들에게는 마을을 지켜주는 수호신과 같은 존재로 여겨진다. 주인공 어니스트는 어린 시절 어머니로부터 그 마을에서 장차 큰 바위 얼굴을 닮은 위대한 인물이 나타날 것이라는 얘기를 들었는데 나중에 평범한 농부이자 설교가로 자란 어니스트가 자애와 진실과 사랑을 설파하던 중 그 얼굴이 자애롭고 신비롭게 변하여 주위 사람들에게 큰 바위 얼굴을 빼어닮았다는 이야기를 듣게 된다는 내용이다. 생활과 주위환경이 그 사람의 얼굴에 나타나게 된다는 의미를 담고 있는 듯하다.

나는 중·고등학교를 경기도 남단의 중소도시인 P시에서 다녔다. 한 학년이 약 360명으로 인근의 시골에서 모여든 친구들이 많았는데 멀리로는 30여 리 길을 자전거로 통학하는 친구들도 있었다. 그중에서 유독 내 눈에 띄던 K는 다혈질의 소유자로 다른 친구들과 잘 어울리지 못했으며 사소한 일에도 화를 잘 내곤 했다. 체구가 작은 편이었는데 자기보다 덩치가 훨씬 큰 상대에게도 덤벼들어 싸움질을 하니 벌꿀오소리 모양인 그의 콧잔등이 성할 날이 없었다.

하루는 친척의 배웅을 위해 역으로 가던 중 길모퉁이에 서 있는 K를 우연히 보게 되었다. 옆구리에 책가방을 낀 채였지만 금방 한바탕 싸움을 했는지 얼굴은 피범벅이고 온몸이 그야말로 만신창이가 되어 있었다. 나는 우선 친척을 배웅한 후에 그 친구를 근처의 병원으로 데려가 간단한 치료를 받게 한 후 우리집에 가서 하루를 같이 지냈다. 그때 그로부터 그가 P시의 시내에서 서쪽으로 약 18㎞ 떨어진 곳에 살고 있으며 농사를 짓는 부모님과 함께 풍족하지는 않지만 그런대로 살 만하고, 아버지는 그 동네에 있는 교회의 장로로 동네에서는 훌륭한 분으로 알려져 있다는 얘기를 들을 수 있었다. 그 외에도 그가 처음으로 시내에 나온 날 시장 부근에서 좀 노는 아이들한테 끌려가서 흠씬 두들겨맞고 돈을 뺏기고 나서 저도 모르게 독한 마음이 생겨 만나는 상대마다 싸움을 하게 되었다는 사실도 알게 되었다.

그 후에도 그는 학교생활이 원만치 않았고 소위 사고뭉치였다. 얼굴은 독기로 가득 차 있었고 남의 말에는 항상 부정적으로 반응했다. 언제나 불만이 가득한 반항적인 모습이었고 모든 것을 부인하는 성격의 소유자였는데 그가 고등학교를 졸업한 후에 신학대학으로 진학했다는 소식을 마지막으로 연락이 끊어졌다. 어떤 소식도 들은 바 없이 세월이 흘러 50여 년이 지난 후에 재경동문회 봄야유회에 참석을 하니 이 누구인가? K가 나타날 줄이야. 거기서 만난 그는 얼굴에서 평안함이 느껴지고 회색 머리에 중후함과 자애로움을 갖춘 깊은 인품이 넘쳐흐르는 듯했다. 그런 그와 마주한 나는 그저 놀라움에 입이 다물어지지 않았다. 그의 말투에는 고상함과 품위가 넘쳐흘렀다. 한때 싸움쟁이에 말썽꾼이던 K가 완전히 다른 모습으로 나타나니 함께한 친구들도 다 놀라는 눈치였다. 하여튼 그로부터 졸업 후의 얘기를 듣고 분위기가 숙연해졌다. 그는 신학대학을 졸업한 후에 인천에서 전도사 생활을 거쳐 교회를 개척하고 신실하게 섬기면서 봉직하다가 이제는 은퇴하여 원로목사로서 기쁨이 가득한 노년생활을 하고 있노라며 이야기를 하는데 한 친구가 "저 친구는 예수님을 닮았네"라며 박수를 쳐서 모두 우렁찬 박수갈채로 호응하였다. 그의 얼굴을 보니 표정에 기품이 깃들고 관대하며 인자한 모습이 우러나옴을 느끼면서 저 얼굴이야말로 50여 년의 성직자생활에서 익혀진 존경스런 모습이라고 생각하였다.

사람은 생각이 바뀌면 행동이 바뀌고 행동이 바뀌면 습관이 바뀌고 습관이 바뀌면 성격이 바뀌고 성격이 바뀌면 인격이 바뀌고 인격이 바뀌면 얼굴이 바뀐다는 사실이 바로 성공적인 인생을 살기 원하는 사람이 음미하고 이뤄내야 할 최고의 가치이자 진리가 아닐까 생각한다. 이미 늦었다고 단정하기 전에 이제라도 이런 깨달음을 얻게 된 데 감사하며 어느 날 거울 속에서 품위 있는 큰 바위의 얼굴을 마주 볼 수 있기를 바라는 소망을 품어본다.

동네 한 바퀴

어느 방송국에서 언젠가부터 「동네 한 바퀴」라는 프로그램을 방영하고 있다. 유명인을 내세워 특정 지역을 구석구석 탐방하면서 그 동네의 역사를 비롯한 지리, 문화, 사회 등 과거와 현재의 전면을 비추는 내용인데 이를 통하여 옛 추억과 정취에 젖어 지난 과거를 뒤돌아보게 된다.

보통 사람들의 평범한 일상생활을 꾸밈없이 그대로 보여주어 대중적인 인기를 얻는 프로그램이 되지 않았나 생각해 본다.

내가 용인시 수지구 풍덕천동으로 이사한 지도 어느새 8년이 지났다. 아침저녁으로 운동 삼아 동네를 돌아다니면서 무심결에 지나쳤던 곳을 유심히 들여다보니 모두가 역사의 현장이었다.

어린 시절에 서울에서 살다가 6.25때 부모님을 따라 피란을 한 곳이 분당이었다. 거기서 초등학교에 입학하여 갔던 소풍지가 태재고개 너머 창뜰이라는 개울가의 넓은 바위였고, 다음해는 포은 정몽주의 묘소가 있는 능원리 능골로 가서 고려말의 정치인이요 뛰어난 외교가였던 정몽주의 충절에 대하여 선생님으로부터 들었던 기억이 난다.

분당에서 시오리 길이 어린 마음에 왜 그리도 멀었던지. 포은 정몽주의 충절 얘기를 듣던 소풍길에서 나라 사랑의 마음이 새겨졌다. 고려 말의 삼은三隱으로 불린 포은 정몽주, 목은 이색, 야은 길재를 생각하며 분당 수내동의 중앙공원으로 가노라면 목은 이색의 한산 이씨의 묘소가 있고 토정비결의 저자인 토정 이지함의 자손들도 거기에 집성촌을 이루어 살고 있다.

그의 후손인 나의 어린 시절 친구들이 문득 생각난다. 또한 한산 이씨에 대한 자긍심과 함께 장차 이 땅이 발복할 터라는 이야기를 들으면서 민족의 한 뿌리를 생각해 보았다.

요즈음 매일 만보 걷기를 하며 동네를 돌면서 주변에 산재한 역사적 배경에 관심을 기울이게 된다.

이 동네 풍덕천은 포은 정몽주의 발자취가 남아 있다. 고려말의 충신이며 외교가였던 포은 정몽주는, 조선 개국 초기 태종 이방원 李芳遠이 시조 하여가何如歌로써 그 진심을 떠보며 회유코자 하였으나 고려에 대한 충절을 굽히지 않았고, 결국 개성의 선죽교善竹橋에서 이방원의 사주를 받은 조영국에게 쇠도리로 타살되었다. 이후 개성 옆의 풍덕군에 임시로 가묘를 세웠다가 그의 고향 경상도 영일로 운구하여 가던 중, 용인에 도착하였을 때 갑자기 돌풍이 일어 운구행렬을 인도하던 깃발이 날아가 용인의 능골 능원리에 꽂히는 사건이 벌어지자 그곳에 포은의 묘를 썼다고 전해진다.

내가 이사하여 살고 있는 풍덕천동은 포은의 운구행렬이 멈췄던 곳으로 가묘가 있던 개성 옆의 풍덕에서 왔다 하여 풍덕내로 불리다가 일제시대에 '내'를 냇가로 알고 풍덕천으로 바뀌어서 불리게 되었다고 한다. 죽전역 앞의 도로가 포은대로로 명명된 연유도 여기에서 기인한 것이다.

이어서 맞은편 언덕 위로 올라서면 도달하는 토월공원은 예전에 풍덕내에 있던 토월마을의 자리이다. 옛날에는 여흥 민씨의 집성촌으로 8.15 해방 전까지 충정공 민영환의 평장묘소가 있던 곳이다. 민영환은 잘 알려진 대로 1861년 서울 견지동에서 민겸호 대감의 아들로 태어나 약관弱冠에도 이르기 전인 17세에 장원급제하여 한성부윤, 공조판서, 형조판서를 거쳐 대한제국 외교관이 되었다. 그리고 미국에 파견된 후 유럽까지 다녀와서 소위 개화기에 중추적인 역할을 하다가 1905년 을사늑약으로 나라를 잃은 분한 마음을 이기지 못하고 그해 11월 30일 새벽 6시에 자신의 목을 찔러 자결한 인물이다.

해방 후에 그 자손들이 용인시 마북동으로 묘소를 이장하였다. 오늘날 구성역에서 도보로 30분 정도 거리의 구성초등학교 뒷산에 있는 민충정공의 묘소가 그것인데 묘비는 이승만 대통령의 글씨로 새겨져 있다. 흥미로운 것은 대원군의 할아버지인 남연군의 부인들도 모두 여흥 민씨로서 여흥은 지금의 여주의 옛 지명이다. 민영환은 고종황제와는 내외종 관계가 되고, 명성황후 민비의 친정 조카가 된다. 고종황제의 비妃인 명성황후는 여흥 민씨 민치록의 딸로서 3대에 걸쳐 사돈 관계로 맺어졌다. 민영환은 자결 전에 유서 3통을 남겼는데 고종황제에게, 백성에게 그리고 재경 외교 사절에게 일본의 만행을 알리는 글이었다.

여기에 백성에게 남긴 글을 옮겨 본다.

경고 대한 2천만 동포 유서

오호! 나라의 치욕과 백성의 욕됨이 이에 이르렀으니 우리 인민은 장차 생존경쟁 가운데서 진멸하리라. 대개 살기를 바라는 사람은 반드시 죽고 죽기를 기약하는 사람은 삶을 얻나니 제공은 어찌 이것을 알지 못하는가? 단지 영환은 한번 죽음으로 황은에 보답하고 우리 2천만 동포에게 사죄하려 하노라. 그러나 영환은 죽어도 죽지 않고 저승에서라도 제공을 기어이 도우리니 다행히 동포 형제들은 천만 배 더욱 분려하여 자기를 굳게 하고 학문에 힘쓰며 한마음으로 힘을 다하여 우리의 자유 독립을 회복하면 죽어서라도 기뻐 웃으리라. 오호! 조금도 실망하지 말지어다. 대한제국 2천만 동포에게 죽음을 고하노라!

이 어지러운 때 민영환이 남긴 유서의 내용을 통하여 나라사랑의 마음을 되새기며 오늘도 동네 한 바퀴 돌면서 걷는다.

눈雪

흩날리며 내리는 눈송이가 제법 크다. 좀체 보기드문 함박눈이다. 눈은 주변의 소음을 끌어안고 보는 이의 마음에 안정과 평안함을 준다. 뜨락 나무에 하얗게 소복소복 쌓이는 눈을 보노라니 어린 시절도 생각나고 지난 시간들이 주마등처럼 머리를 스친다. 이렇게 한가하게 앉아서 창밖에 내리는 눈을 보는 것도 오랜만이다. 그동안 무엇이 그리도 바빠서 정신없이 살았는지 이제는 천천히 여유롭게 살고 싶다.

방한복도 방한화도 제대로 없던 우리 어린 시절의 겨울은 정말 추웠다. 지금은 민속촌에서나 볼 수 있는 초가집 지붕에 쌓인 눈은 정겹고 아름다웠다. 눈이 온 다음날 아침이면 추녀 끝에 주렁주렁 매달린 투명하고 기다란 고드름이 햇살에 반짝이며 빛났다. 요즈음 잘 만들어 놓은 놀이터에서도 아이들이 노는 것을 볼 수가 없으나 우리 어린 시절엔 눈이 오면 또래 아이들이 다 나와 눈사람 만들고 눈싸움하느라 와자지껄 시끌벅적했었다. 그때 함께 뒹굴던 친구들… 그리고 군복무 시절에 눈 내리는 날은 소대원 전원이 제설작업에 투입되어 치우고 쓸어도 끝도 없이 내리는 눈을 원망도 못하고 계속 길을 확보하기 위해 힘들여 쓸고 또 치우면 또다시 쌓이곤 하였다. 이 시간 하염없이 내리는 눈을 바라보며 고통스럽고 힘든 시절의 군 동료들을 떠올려본다. 아마 지금쯤 그들도 서리 내린 반백의 머리가 되어 있으리라. 갑자기 지금은 어디서 무엇을 하고 있는지 보고 싶고 궁금해진다.

중국과 수교 후 초창기에 불모지였던 중국으로 한국 기업들이 진출하기 시작했다. 그즈음 나는 중국 천진天津에 전자회사를 설립하기 위해 갔었다. 처음 가는 길이라 긴장도 되고 공산주의 국가를 방문한다는 호기심도 생겼다. 인천공항에서 출발하여 두 시간 반 만에 도착한 중국땅을 내려다보니 산은 없고 모두 평야지대였다. 중국에서 두 번째로 큰 도시인 천진의 인구는 1,152만 명이고 넓이는 11,900㎢로 서울보다 크다. 중국대륙이 넓긴 넓다. 온천빈관溫泉賓館 호텔에 장기투숙을 하면서 새로운 공장을 설립하기 위해 준비하느라 동분서주하며 바쁘게 지냈다.

처음 얼마 동안은 중국의 접대문화인 저녁 술자리에 적응하느라 여러가지로 고통스러웠다. 그때 한국인 목사들이 중국에 파송됐지만 선교가 불법이므로 한국 주재원들끼리 호텔 회의실을 빌려 수요예배와 주일예배를 드리고 기도를 했다. 그때 예배 모임에서 만난 신 집사의 소개로 천진남개대학天津南開大學의 문학부 彭(펑) 교수를 알게 되었다. 천진의 겨울은 춥고 눈이 많이 내렸다.

며칠을 두고 눈이 내리니 도심의 교통이 마비될 정도였다. 온 세상이 백색의 대지로 변했다. 장엄한 경치에 감탄을 금치 못하던 중에 우연히 펑 교수와 호텔 커피숍에서 만나 남개대학에 대해 설명을 들었다. 남개대학은 1904년에 개교한 중국 국립대학으로 중국의 대정치가 주은래周恩來의 모교이며 그 외에도 많은 인재를 배출한 명문이라고 했다.

그날 펑 교수로부터 중국인이 생각하는 눈(雪)에 대한 이야기를 들었는데 매우 흥미로웠다. 그 이야기인즉 설유삼평雪有三平이라 하여 눈은 세 가지 평平을 가지고 있다고 한다. 첫째는 내리는 눈을 바라보고 있으면 사람들 마음이 포근해지고 안정된다고 하여 평안平安이고, 둘째는 눈이 세상 어느 곳이든지 골고루 내려준다고 해서 평분平分이며, 셋째는 눈이 내리면 현실의 온갖 더럽고 추악하며 어두운 것을 하얗게 덮고 깨끗하게 감싸 안는다는 평온平穩이다. 또한 눈에는 건설乾雪(마른 눈)과 습설濕雪(젖은 눈)이 있고, 이를 다시 세분細分할 수 있다고 글로 써가며 중국인 특유의 설명을 계속하였다. 우리가 흔히 싸락눈이라고 하는 건설(마른 눈)은 세 가지로 나뉘는데 그중 하나는 벌의 유충이 들어 있는 벌집의 뚜껑을 덮은 것과 모양이 같다 하여 봉아蜂兒라 하고, 그 둘은 거위의 깃털을 닮았다 하여 아모鵝毛라 하며 그 셋은 눈이 내리면서 켜켜이 겹치는 모양이라 하여 찬삼攢三이라 부른다고 한다. 여기까지가 마른 눈이고, 젖은 눈 습설濕雪도 세 가지로 나뉘는데, 그

하나는 눈이 내릴 때 겹눈으로 모여 내린다고 하여 취사聚四라 하고, 그 둘은 입춘 절기에 매화꽃 모양으로 내린다고 하여 매화梅花라 하며, 그 셋은 육출六出인데 가까이 들여다보면 여섯 개의 날개를 하고 있다고 하며 이를 중국에서는 음의 수로 부른다. 이처럼 중국인들은 우리와 달리 눈을 세분화하여 보고 있었다.

이렇게 눈이 내리는 날 오후 새삼스럽게 지나간 시절을 떠올려 본다. 올해도 눈은 우리의 인생에 많은 추억과 그리움을 떠올리며 겨울과 함께 어김없이 우리 곁으로 찾아왔다.

한 찬

친구 따라 강남 가기

2019년 옆동네인 증평군 도안면에 소월·경암문학예술기념관이 개관했다는 소식을 듣고 구경을 갔더니, 10월부터 문학교실 무료 강좌를 시작한다고 해서 호기심이 발동했다.

조용히 인생 후반기를 지내고자 아내와 함께 괴산군 청안면의 속칭 동막골, 지금의 주소지로 숨듯이 들어와 얼추 10년을 지내면서 생긴 소소한 권태와 칠십이 넘어서도 과연 글쓰기가 가능할까, 궁금증을 못 이겨 등록절차를 마쳤다.

호사다마好事多魔라고 개강해서 3개월이 막 지난 2020년 초부터 코로나가 맹위를 떨치면서 천식 치료 의사선생의 권고로 아쉽게도 글쓰기 수업을 도중하차할 수밖에 없었지만, 다행히 그 직전까지 수필에 대한 기본 감각은 익힐 수 있었다. 몇 달째 제자리만 맴도는 아둔한 제자를 안타깝게 여긴 지도교수님이 몸소 글쓰기 시범을 보여주시며 격려해주신 덕분이었다. 이렇게 이철호 지도교수님과 유금남 관장님의 유별난 제자 사랑이 함께하여 완성된 「소나무」는 내 이름으로 세상에 얼굴을 내밀게 된 첫 작품이 되었다.

그로부터 혼자만의 글쓰기 씨름이 이어졌고 어느 정도 성과도 있었지만 동행이 없어 적적함이 쌓이고 가끔씩 '헛된 꿈에 아까운 시간을 낭비하지 않나' 하는 의구심이 엄습해 올 때마다 혼자서 앓아야 하는 홍역은 정말 힘들었다. 하지만 일 년여의 기간 동안 얻은 것도 많았으니 절대로 만만한 창작은 없다는 평범한 진실을 온전히 깨닫게 된 것이다.

　2021년부터는 박지연 작가님의 지도를 받게 되었다. 엄격한 기독교인의 자기절제와 봉사정신이 몸에 밴 작가님은 항상 진솔한 평가와 조언 그리고 자애로운 격려로 주눅이 든 초보자의 마음을 헤아려주셨다. 어쩌다 엉망으로 뒤얽힌 글의 늪에 빠져 헤매고 있을 때는 직접 제자의 손을 붙잡아 건네어주시는 수고도 마다하지 않으셔서, 그런 사연이 녹아 있는 「나의 독서광 시절」을 볼 때마다 작가님의 따뜻한 손길을 느낀다.

　글을 쓰는 문인이면 누구라도 한 번쯤 멋진 작품을 쓰고 싶은 욕망에 끌리는 것도 당연한 일이지만, 인생을 마감할 때가 가까운 노년이 되어서도 그런 데만 사로잡혀 있다면 문제가 아닐 수 없다. 속박을 벗어나 자유로움을 즐기기 위해서 시작한 노년의 취미활동이 오히려 자신을 옭매는 어리석음이 될 수 있기 때문이겠다. 내 경우, 글 쓰는 시간이 흐를수록 자신의 글쓰기 능력의 한계를 알 수 있었고, 습작을 뛰어넘는 글을 쓴다는 것이 얼마나 요원한 길인지도 깨닫게 되면서 초보자의 꿈을 정리한 지도 벌써 오래되었다.

모든 것을 내려놓은 지금의 바램은 좋은 결과물을 내는 것보다 글 쓰는 재미를 오랫동안 이어가는 쪽에 무게를 두고 있다. 하루하루를 수필이란 화폭에 담아서 마음먹은 대로 그릴 수 있고, 그러던 어느 날 눈길 끄는 그림 한 점을 만나게 된다면 더 바랄 것이 무엇이겠는가. 그렇게 몇 장이 쌓이면 아담한 그림책으로 묶어 곁에 두고 사랑하는 아내와 함께 볼 수 있을 테니 그때의 기쁨은 또 어떠할지, 벌써부터 가슴이 설렌다.

여러 해 전 등단을 해서 몇 권의 책을 낸 김봉겸 시인과 등단 후 꾸준히 출판을 준비하고 있는 이택주 수필가가 평소 부실한 내 옆구리를 자꾸 쑤석거렸다. 어서 등단을 해서 제대로 된 작품 활동을 해보라는 것인데 전혀 마음이 동하지 않아 '그런 등단 안 한다'고 퇴짜를 놓았지만 밸도 없는지 이번엔 셋이 어울려서 책을 내보자고 얼러맞춘다.

아무리 친구 사이라도 면박을 준 것이 발이 저려 두 친구의 제안을 진지하게 들여다보았다. 결론은 우리들 60년간의 정리情理를 기념하는 책을 내자는 것인데 그 배경이 '어느덧 나이가 들어 모든 것이 불확실한 시대가 되었으니 언제고 생길 수 있는 변수에 대비해서 모아둔 작품을 앞당겨 발표하자는 것'이어서 입맛이 씁쓸했다.

그러다 뒤늦게 알게 된 친구들의 진짜 속내는 '가을매미 신세인

늦깎이 초보자의 등단이 불투명하고 글 쓰는 것도 심드렁해진 것 같으니 이참에 책을 내어 심기일전하도록 충격을 주자는 것'이라며 종주먹을 들이대어서 이번엔 별수 없이 두 손을 들고 말았다.

아무려나 말 잘 듣는 사람은 자다가도 떡이 생기고 세상 복 중에 제일이 인복이라는데, 청개구리처럼 살아왔어도 친구들에게 등 떠밀려나기는커녕 오히려 생각지도 않은 책까지 펴내준다니 이만하면 얼마나 복 많은 인생인가! 그렇게 사주팔자 자랑이라도 한 자락 펼치고 싶은 행복감을 한바탕 만끽하다 보니, 어느결에 따라붙었는지 '멋쩍음'이 오늘도 먼저 달려드는 바람에 그만 머쓱해져 버리고 말았다.

그렇게 봄날은 갔다

　겨울 세찬 바닷바람이 밤새워 문풍지를 울리고 유난스레 늦추위가 기승을 부리던 날, 공무원 발령통지서 한 장에 등 떠밀려서 섬을 떠났다.

　서해 작은 섬에서 태어나 초, 중학교를 거쳐 고등학교까지 그곳에서 다니는 일상생활은 늘상 마주치는 얼굴들과 눈감고도 헤아릴 수 있는 동네 골목길 돌부리 숫자까지도 복사기로 찍어낸 듯 매일매일이 똑같았다.

　졸업 후 대학진학을 못 하고 섬에 남은 생활도 "머리가 굵어졌다"는 어른들 말씀 듣는 것 말고는 별반 달라질 게 없었다. 굳이 변화라면 학교 다닐 때는 친구들과 놀다 보면 하루해가 너무 짧아 밤늦게까지 까질러 다닌다고 부모님께 야단을 맞기도 했다. 그런데 졸업 후에는 그 하루해가 너무 길어져 친구들과 노는 것도 때론 지겨워 자진해서 집에 일찍 들어가는 횟수가 늘어난 것뿐이었다.

　무료함과 권태로움이 뒤섞인 이 지루함은 가끔 확실하지 않은 어떤 '무력감無力感' 비슷한 낌새로 번지기도 했다. 그럴 때면 여지없이 이 불편함을 떨쳐내는 분노의 육두문자가 자동소총처럼 좌르르 목구멍을 넘어와 혹시 누가 들었을까, 겁이 나 주위를 둘러보게 된 것도 변화라면 변화였다.

길고도 긴 하루해는 때로 동병상련의 패잔병들을 자연스레 불러 모으는 구실이 되었고, 빠질세라 허겁지겁 모인 그들은 그 지루함에 대한 복수를 애꿎은 소주병 죽이기에 종일토록 몰두하는 것으로 대신하였다. 패잔병들의 끝장 레퍼토리는 항상 뻔해 "이놈의 군대영장은 언제 나오냐!" 고래고래 질러대는 악다구니들 비명소리와 뒤이어 거리낌없이 벌이는 망나니들의 퍼포먼스는 끝이 없어 가끔은 주민들 신고로 파출소에서 출동하기도 했다.

그날은 마카로니 웨스턴 영화의 '장고' 흉내를 잘 내는 '소장판 김가'가 인사불성이 되어 거추장스러운 옷을 몽땅 벗어버리고 알몸으로 소창(기저귀용 천) 짜는 공장 입구까지 진출하면서 시작되었다. 마침 야간 근무차 출근하는 처녀들이 보이자 수작을 걸었고 불현듯 나타난 못 볼꼴에 놀란 처녀들이 "엄마야!" 소리치며 마을로 도망을 치는 바람에 조용하던 동네는 순식간에 발칵 뒤집혀 버렸다. 너나할 것 없이 성난 남정네들은 지게작대기를 들고 달려와 사정없는 매타작 한판을 벌였고 멍석말이로 끝을 낸 적도 있었다.

그런 몸부림에도 벗어날 수 없는 지루함과 무력감의 무게를 이기지 못해 일부는 해병대에 자원입대하여 '뺑뺑이 돌림'에 몸을 맡겼고 일부는 월남파병에도 서슴없이 이판사판 지원을 했다. 술만 들어가면 부모형제와 의절하겠다고 손가락에 장을 지지던 뒷집에 사는 놈이 막상 월남에 가서는 마음이 달라졌는지 집에 편지를 보내는 바람에 이를 받아 본 어머니가 "아이고, 내 새끼 죽는다"며 동네가 떠나가도록 대성통곡하는 소리도 들었다.

이리저리 흩어져 한 놈 한 놈 줄어드는 친구들을 바라보면서도 어리벙벙하게 홀로 남아서 오로지 군대영장만을 기다리며 하루해를 죽이던 스무 살 어리석은 섬놈의 무의미한 생활도 어느덧 2년이 지나고 있었다.

69년 늦가을, 동네 어귀에서 군청에 다니는 친척에게 마지못해 꾸벅 했더니 공무원 채용시험이 있으니 응시해 보라고 권했다. 이튿날 늦게 아침상을 받고 있자니 아버지께서 하실 말씀이 있으신 듯 슬그머니 다가오시더니 어제 만난 친척이 하던 말을 조심스레 꺼내셨다. 대가리가 굵어지면서 매사에 고분고분하지 않고 말과 행동이 거칠어진 아들놈이 언제 무슨 사고라도 칠까 봐 불안해하시던 부모님은 생전처음으로 '남자의 숙명' 같은 어려운 단어를 앞장세워서 직업 이야기를, 그것도 통사정하듯 말씀하셔서 얼떨결에 시험장에 갔다.

공무원 시험까지 보게 되다니! 친구들 따라 대학 못 간 것도 부아가 돋는데!! 그러나 그날은 그것보다 몇 배 더 쪽팔리고 재수 없는 일이 기다리고 있었으니 시험장에서 엉겁결에 마주친 망할 여자후배의 애매모호한 웃음이 원인이었다. 평소 관심거리도 못 되던 그녀는 '너도 별수없구나' 싶은 표정으로 시험시간 내내 미묘한 웃음을 마구 날렸다. 시험장 안에서 어디로 피할 데도 없이 고스란히 맞는 화살이 처음에는 가소로웠으나 시간이 지날수록 심사가 편치 않고 얼굴이 달아올라서 마지막 시험지는 제대로 읽을 수조차 없게 되었다. 시험이고 나발이고 대충 찍고서 후다닥 시험관 앞에 내던지고 나가는데 이번에는 시험관이 큰 소리로 불러젖히는 게 아닌가! 답안지에 이름도 안 썼다고 나무라면서. 그때 등뒤에서 까르르대던 그녀의 웃음은 이후에도 귓가에 남아돌아 그때마다 마지막 남은 자존심의 밑바닥까지 후벼 파대는 바람에 다시는 회복될 것 같지 않은 깊은 생채기를 가슴에 남겼다.

인생은 타고난 사주팔자와 운명대로 살게 된다는 무당 '주문呪文' 같은 말은 어렸을 적부터 심심치 않게 들어왔지만 부지불식간에 우연을 가장해서 자신에게 벌어진 일들이 생각하면 할수록 괘씸하고 화가 났다. 이를 덜컥 받아들인 자신의 무지에도 분통이 터진 그날, 아리랑집 목로木壚에 홀로 앉아 분憤을 삭이느라 먹을 줄 모르는 술로 온밤을 지새웠다. 자책하며 마신 그날의 희뿌연 막걸리 빛깔은 어머니 젖을 동생에게 빼앗겼던 날까지 떠올려게 해 더욱 가슴이 저렸는데, 자신을 주체하지 못하고 섬놈이 마신 그날의 막걸리엔 왠지 모를 서러운 눈물이 절반은 섞였으리라. 그렇게 매일 인사불성이 된 막장생활이 한동안 계속되었다.

이런 생활도 3개월 뒤 달랑 종이 한 장으로 끝이 났다. 방금 피어나 애틋한 스물한 살의 봄은 작은 꽃 한 송이도 피어보지 못한 채 스러졌다. 그렇게 나의 봄날도 갔다.

나의 독서광讀書狂 시절

내가 책을 찾는 것은 대체로 마음이 헛헛할 때나 해야 할 일을 제때 못하고 미뤄놓아서 마음이 편치 않은 때다. 몸에 밴 그 습관은 사춘기의 예민한 감성이 한창 유난했던 중학교 때부터 시작된 것 같다.

그것은 애먼 등록금과 관련되어 있다. 납부기한이 지나도 등록금을 내지 못해 담임교사에게 불려가 독촉을 받고 교실 문을 들어서면, 수업중인 아이들의 시선이 일제히 나에게 집중되는 일을 일년에 몇 번씩 겪은 탓에 생긴 버릇이다. 자존심 깎이는 것이 죽기보다 싫어서 고등학생 때부터는 차라리 학교를 그만두고 싶은 충동이 끊이질 않았다. 그때가 되면 아버지도 벌써 짐작하고 계실터라 더는 말씀을 못 드려도 마음은 헛헛했다. 그런 날이면 나는 학교 도서실에 갔다.

중학생 때는 별생각 없이 천방지축으로 재미있어 보이는 책이면 「괴도 루팡」이든 「해저 이만리」든 가리지 않고 잡히는 대로 읽었다. 그러나 고등학생이 되고부터는 도도한 모습으로 서가에 꽂혀 있는 한국문학전집과 세계문학전집에 관심이 가던 중에 좀 더 자극적인 세계 쪽의 책을 뽑아들었다. 그때의 심리상태는, 나는 이런 책을 읽는다는 과시욕 같은 것은 전혀 상관없이 오로지 나를 무시하는 듯한 세계문학전집에 심사가 뒤틀려서 화풀이 대상으로 골라잡았을 뿐이다. 나는 일부러 그들 중에서 가장 두꺼운 책을 골라 아무렇게나 책가방에 처박아 넣고 등록금 문제가 해결될 때까지 어떤 사정도 보지 않고 짜증이 나도록 읽었다. 전집류는 인기가 별로여서 읽는 도중에 반납하라고 호출당할 일도 없어 한동안 엉덩이가 근질거리도록 읽어댔다. 처음 읽기 시작할 때는 등록금에 대한 언짢은 기분이 잠시 떠올랐지만 개의치 않고 몇 쪽을 더 넘기다 보면 어느새 이야기 속으로 휩쓸려 들어가 세상의 모든 잡념을 잊을 수가 있었다. 대충 보아도 5백 쪽이 넘어 작품 한 권을 떼는 데 한 달은 족히 파묻혀서 지낼 수 있었다. 그러다 책의 마지막 장에 이르러서 큰 소리가 나도록 책표지를 덮는 통쾌함은 그동안 쌓인 등록금에 얽힌 스트레스를 한꺼번에 날려주었다. 그런 후 호젓이 책 줄거리를 떠올리며 되새김질하다 보면 어느새 밀려온 뿌듯한 만족감과 싸하게 전해지는 감동의 순간이 형언할 수 없을 만큼 좋았다. 가슴속 깊은 곳까지 가득 채워지고 뇌의 빈 공간마다 빈틈없이 스며든 감동의 아스라한 잔향殘香에 취해서 얼마나 행복했는지 모른다. 몽환적인 이 감정은 안개처럼 쉽게 걷히는 것도 아니어서 짧게는 일주일, 때로는 더 길게 꿈속의 그곳에 묻혀 지내곤 했다.

아마도 이런 호사스러운 감정은 책의 내용이 달짝지근하다거나 아름답기만 해서 느껴지는 그런 것은 아닌 것 같다. 적어도 소설 속 이야기의 이면에 깔린 작가의 심중을 깊이 헤아릴 수 있고 공감능력이 풍부한 독자들만이 누릴 수 있는 호사일 것이다.

그런 면에서 이 소설은 제목부터 '불쌍하고 비참한 사람들의 이야기'여서 매우 충격적이었다. 18세기 절대군주시대의 사회적 모순 속에서 빈곤의 나락으로 떨어진 하층민들이 겪는 가난하고 멸시당하며 배척받는 고통을 있는 그대로 옮긴 작품이었다. 삶의 희망을 잃은 군중들은 이판사판으로 기득권층 타도에 앞장서기 시작하였고 시민혁명에 목숨을 던지기도 했다. 칼날처럼 냉혹한 경관에게 쫓기면서도 우직한 주인공이 보여주는 지고지순한 인간애가 현실에서는 얼마나 대책 없는 바보짓이고 거추장스러운 것인가, 예단豫斷할 때는 그런 자신이 얼마나 미웠는지 모른다. 사기꾼에게 어린 딸을 맡기고 양육비를 대기 위해서 끝내는 거리의 여인으로 전락한 그녀가 금발머리조차 끊어 팔고 마지막엔 이빨까지 뽑아 파는 장면에서는 생전처음 겪는 참을 수 없는 가슴 저림으로 숨조차 쉬기 어려웠다. 그렇게 첫 번째 소설책『레미제라블』을 끝냈다.

자신감을 얻은 나는 평소 난해하기로 소문난『전쟁과 평화』를 다음 대상으로 삼았다. 장장 3개월이 걸린 이 도전은 내 인내력의 끝이 어디까지인지를 시험하는 장場일 수도 있다는 자못 비감한 생각조차 들어 시작의 각오부터 남다를 수밖에 없었다. 그렇다 보니 부처님께 삼천 배拜를 드리는 마음으로 매일매일, 읽고 읽고 또 읽었다. 워낙 거창한 이 작품은 배경과 무대가 동유럽에서 서러시아에 걸친 3,500킬로미터에 달하는 광대무변廣大無邊한 대평원이고 거기서 벌어지는 사건 또한 끝도 없이 이어져서 잠시라도 한눈을 팔면 길을 잃을까 봐 읽는 내내 긴장을 풀 수가 없었다. 작품의 내용 또한 유럽 최강대국 간의 전쟁이어서 전개되는 장면마다 등장하는 인물도 황제부터 말단 병사들까지 이루 다 헤아릴 수가 없었고, 전쟁사에 기록된 나폴레옹군 65만 명과 러시아군 35만 명이 대평원 곳곳에서 벌인 허다한 전투지역을 일일이 꼽을 수도 없었다. 때로는 산란한 느낌조차 들었다. 그러나 전쟁영웅 나폴레옹이 동장군에게 처참한 패배를 당하고 허겁지겁 모스크바를 탈출해서 가까스로 파리에 귀환하기까지의 숨가쁜 이야기와 전란 속에서도 수선화처럼 곱게 핀 여주인공의 사랑이 혹시 잘못될까 봐 눈을 뗄 수가 없어서 『레미제라블』의 세 배나 되는 장편소설을 무사히 읽어낼 수 있었다. 책을 덮으면서 먼저 떠오른 것은 이렇게 장대한 소설을 과연 얼마나 많은 독자들이 읽을 수 있을까, 하는 염려였다. 독자들이 읽는 데도 이렇게 큰 인내심이 필요하거늘 이 소설을 혼자 힘으로 완성하기까지 작가가 흘린 노고의 피땀은 어떠했을까, 감탄을 금할 수 없었고 도대체 어떤 초능력을 가진 사람일까, 궁금함과 경외심이 끝도 없이 밀려왔다.

또한 이 작품은 장편소설을 읽는 즐거움과 읽은 자부심이 어떤 것인지를 처음 알게 해준 책이어서 이렇게 사실적이면서도 풍성한 재미가 넘치는 소설을 써준 작가에게 고마운 마음의 꽃다발을 바치기도 했다. 이런 열렬한 흠모欽慕의 정은 그의 다른 작품으로까지 이어졌을 뿐만 아니라 동同시대에 활동한 도스토예프스키를 비롯한 다른 작가들의 작품으로까지 넓혀져서 전체 러시아 문학에 대한 동경심까지 생겨나게 했다.

그러나 독파한 기쁨만큼이나 대가도 컸으니 유난했던 그해 여름 무더위와 극성스런 모기떼와의 전투에서는 완패를 당해 그 후유증은 처참하기만 했다. 엉덩이를 비롯한 중요 부위는 고춧가루를 뿌린 듯 시뻘건 땀띠가 돋아나 옷깃이라도 스치면 기절할 듯 비명이 터졌고, 얼굴은 무참히 얻어맞아 일그러진 권투선수 꼴에다 팔다리는 물린 자리마다 가려워서 긁은 흔적에 진물과 피딱지가 덕석같이 붙어서 마치 굴참나무 껍데기를 보는 듯했다.

이런 괴팍한 재미에 빠져 지내다 보니 그렇지 않아도 시들했던 공부는 아예 뒷전으로 밀려나 책가방에는 교과서 대신 정음사 세계문학전집이 어느덧 주인행세를 하고 있었다. 그 시절에 대강 20권 정도는 읽은 것 같다.

그중에서 기억에 남는 책을 꼽아보면 앞의 두 권과 『카라마조프가의 형제들』 『실낙원』 등이다. 그때 그들이 안겨준 감동은 태풍처럼 강렬해서 내 힘으로는 도저히 벗어날 수가 없을 정도로 옭아매었다. 가끔은 꿈속에서도 파리의 하수도 속의 미로迷路를 헤매었고 끝도 없는 눈 덮인 시베리아에서 족쇄를 끌며 허우적거려야 했다. 또한 그들이 보여준 적극적이고 솔직한 생활양식樣式에도 깊은 인상을 받았다. 평소 자유분방한 생활을 즐기다가도 극복해야 할 중요한 사건-전쟁, 혁명 또는 내란 등-이 발생하면 주저없이 하던 일을 멈추고 각자의 신념과 양식에 따라 행동에 나서는 그들이 한없이 부러웠다. 나도 그들처럼 자유롭게 나만의 의지에 따라 고민하며 거침없이 내 길을 가고 싶고 지금의 얽매임에서 벗어나고 싶었다.

그런 가운데서도 억지로 자신을 추스르며 학교생활만은 가까스로 유지되고 있었다. 그러던 어느 날 중앙 현관을 지나다가 그곳에 놓여 있는 거울에 비춰진 자신의 모습을 언뜻 보았다. 불밤송이처럼 뻗친 머리와 추레한 교복차림새는 여전하였다. 그러나 얼굴 모습이 전과는 너무 달라져 있어 자신을 깜짝 놀라게 했다. 세상의 온갖 불만이 여드름과 함께 뒤섞여 볼썽사납던 얼굴은 몰라볼 정도로 많이 회복되었고 제법 묘한 표정의 웃음을 지을 만큼 편안한 면도 보였기 때문이다.

그것은 빙산의 일각처럼 많은 것을 숨기고 있는 변화의 작은 모습이 확실했다. 그간 소설 속의 인물들과 함께 어울려서 웃고 울며 보낸 시간과 가슴 벅찬 감동의 순간들이 하나둘씩 쌓여서 만들

어진 변화임에 틀림없었다. 아무도 모르는 사이에 그들은 동토凍
土처럼 얼어붙은 마음의 장벽을 조금씩 녹여내 빗살 같은 미로를
열어주고 세상을 향한 분노의 날을 세웠던 눈길도 조금씩 풀어내
쪽잠이라도 들 수 있도록 어루만져주었음이 분명했다.

그리고 마지막으로 햇볕이 쨍 쏟아지는 오월의 벌판으로 나를
밀어내 해방시켜주었다. 그렇게 긴 독서여행을 끝내고 다시 마주
한 세상은 그간의 칙칙했던 회색을 벗어버리고 수채화 속 연록색
으로 바뀌어 있었다.

독서의 취향趣向

　세상 모든 일이 그렇듯이 소설책 읽기에서도 제대로 된 책을 선택하는 문제가 중요하다. 내 경우 책 좀 읽는 친구들의 추천을 받거나 신문의 서평을 참고하기도 하고 그동안 살아온 방식대로 소문난 흥밋거리보다는 이름 있는 고전을 찾아 읽기도 한다.

　그러나 선택과정의 끝은 역시 취향을 따르게 된다. 어쩌다 도서관이나 서점에라도 들르게 되면 나도 모르게 장편소설이 꽂힌 서가書架 쪽으로 발길이 가는 것만을 봐도 그렇다. 고등학생 시절 우연히 버릇 들여진 문학전집류의 독서 영향 때문인지 중후장대重厚長大형의 국내외작가 작품에 주로 끌려서다. 꼭 집어 이야기하자면 외국작품에 더 관심이 가고 그중에서도 러시아 작가의 작품을 대할 때면 가슴이 더 설렌다.

　이러한 문학적 취향의 단초端初는 「나의 독서광 시절」에서 말했듯이 본격적인 소설책 읽기의 걸음마를 세계문학전집으로 시작하면서부터라고 하겠다. 그날 도서실 서가에 나란히 꽂힌 한국문학전집과 세계문학전집 앞에서 망설일 때, 유난스러운 도도함으로 자존심을 건드린 「레미제라블」을 빼들지만 않았어도 독서취향이 여느 사람들과 크게 다르지 않았을 것이란 생각 때문이다.

멋모르고 선택한 이 대하장편소설의 복잡다단한 내용 전개와 입에 붙지도 않는 수많은 등장인물들의 이름과 지명, 들도 보도 못한 이상하고 어지러운 유럽 문화 그리고 저자의 끝없이 난해한 정치철학 강의는 초보자가 넘기에 너무 높고 가파른 오름이었다. 그러다 보니 마지막 장을 덮을 때까지—페이지를 넘길 때마다 물고 늘어졌다—책을 던져버리고 싶은 유혹을 뿌리치느라 얼마나 힘든 싸움을 벌여야 했고 진저리를 쳤는지 모른다.

그러나 청소년기의 단순한 오기傲氣로 읽어낸 한 권 소설의 영향은 실로 대단해서 이후에도 이러한 도전은 멈출 줄 모르고 계속되었으니, 이는 책이 준 감동과 재미보다 중도포기를 않고 끝까지 읽어낸 자신의 대견함에 대한 유치한 희열 때문이었을 것이다. 아무튼 그다음부터는 소설책 옆에 메모지를 준비해서 출연하는 인명과 직업, 관계 등을 간단히 기록해서 헷갈릴 때마다 되짚어 참고하고, 사전을 곁에 두어 이해 부득한 용어가 보이는 즉시 뜻을 찾아보게 되었다. 그러다 보니 무모했던 도전도 어느덧 본격적인 독서 취향으로 자리를 잡을 정도로 책의 깊이에 빠져들 수 있어서 두 해가 지날 즈음에는 20권 정도의 세계문학 작품을 섭렵하게 되었다.

그러나 지금도 안타까운 것은, 그 천진한 시절에 너른 세상 여기저기 기웃대며 웃고 떠들며 재미있게 지냈으면 좋았을 것을 어줍은 취향에 줄곧 사로잡혀 괜한 고생을 사서 한 미련함이 눈에 밟혀서다. 주변에서 쉽게 만날 수 있는 우리 소설부터 시작해서 외국문학 쪽으로 물 흐르듯 했으면 얼마나 좋았을까, 싶은 마음에서다.

뿐만 아니라 외국소설에의 집착으로 인한 후유증은 생각보다 훨씬 커서 문학 관련 면면面面에 많은 상흔을 남겼다. 우선 한국문학을 접하는 데 있어 큰 걸림돌이 되었던 것은 물론이고 이를 극복하느라 먼 길을 돌아 제자리에 오기까지 지체한 시간과 일반적이지 않은 문학관文學觀으로 인한 주위의 오해 등 부작용까지를 헤아리다 보면 손사레가 쳐질 정도였다.

이렇듯 철늦게나마 국내작가의 소설을 만난 것은 2학년 말쯤으로 김동인 님의 작품이 처음이었다. 그의 작품은 무언가 당기는 맛이 있어서 국내문학에 대한 관심을 이어가게 해주었고, 다른 작가들의 작품으로 독서의 폭을 넓혀가는 데도 도움이 되었다. 지금 생각해도 얼마나 다행스런 일인지! 그렇지 않았다면 한참 늦은 이십대에나 관심을 갖게 되었을지도 모를 일이었다.

하지만 공교롭게도 사춘기와도 겹친 그때는 세상의 모든 것을 보는 시각이 조금 전까지 세계문학 쪽에서의 설익은 것뿐이어서 섣부르고 일그러져 시건방지기까지 한 것이 전부인 시기였다. 눈에 보이는 것마다 마냥 시큰둥하고 우습게만 보이는 불편하고 우중충한 심기로 가득 차 불만이 넘치는 계절이기도 했다. 쥐꼬리만도 못한 자기만족에 도취되어 자기조절능력을 잃은 그 시절은 브

레이크 없는 동력장치처럼 방향성을 상실해서 제아무리 훌륭한 국내작가의 어떤 작품을 만났다 해도 성에 차지 않는다고 툴툴거리며 그냥 던져버려야 직성이 풀리는 방종한 시기였던 것이다. 돌이켜 보면 이런 불안정한 상태의 종말은 언제나 생각지도 못한 큰 사고로 으레 마무리되기 마련인데, 안타까운 것은 그 폭풍의 여파로부터 자유로울 수 있는 작가와 작품은 없었다는 것이다. 그것은 애먼 한 작가와 작품에 더욱 그러했다.

이쯤에서 고백해야 할 꺼리가 하나 있다. 평생 소설책 읽기를 즐겨온 내게도 치부에 가까워 감추고 싶은 부끄러운 비밀이 있다. 우리나라를 대표하는 문학 작가인 이광수 님의 작품을 지금까지 단 한 권도 변변히 읽지 못했다는 사실이 그것이다. 창피하기 짝이 없는 변명이지만 그렇다고 시도 자체를 하지 않은 것은 아니었다. 지금 생각해도 어이가 없고 이해가 안 되는 것이 그의 작품을 대하기만 하면 왜 그렇게 하품이 나고 눈꺼풀이 내려앉으며 허리 힘이 풀리는지 도저히 책 읽는 자세를 단 한 시간도 유지할 수가 없었다. 차멀미처럼 책멀미라도 하는 것인지 도중하차를 한 것이 한두 번이 아니었다. 그간의 책읽기 습관으로 봐서는 한번 손을 대면 어떻게든지 끝장을 보고야 마는 성격인데 번번이 불명예스러운 중도포기라니 참으로 어처구니없는 일이었다. 차라리 지루하기만 했다면 토막을 쳐서라도 나누어서 읽어냈을 텐데 말로 설명할 수 없는 무언가가 작용하는 듯 온몸이 그의 작품 자체를 거부하는 것 같았다. 그렇지 않았다면 그의 많은 작품을 섭렵하느라 고교시절의 한동안을 정신없이 보냈을 텐데 하는 바램(願望)과 그러지 못한 데에 대한 미움(怨望)까지 보태져서 나름대로 이유를 짚어 보기도 했다. 그리고 궁색을 떤 끝에 아마도 그간 탐닉해온 외국소설들과 이광수 님의 작품 성격이 워낙 달라서 유달리 송곳처럼 뾰족하고 망나니 같은 성격이 그 생소함을 견뎌내지 못한 것으로 억지에 가까운 결론을 짓기도 했다. 그러면서 먼저 이광수 님의 작품에 재미를 붙이고 나서 외국작품을 읽었으면 어떠했을까, 하는 뒤바뀐 독서 순서에 대한 아쉬움까지 곁들어져 안타까움을 더했다. 아무튼 그때처럼 균형 잡힌 독서의 중요성을 심각하게 생각해본 적도 없는 것 같다.

산문(수필) 분야도 피하지 못할 사연이 없지 않았다. 처음 교과서에 실린 안톤 슈낙의 「우리를 슬프게 하는 것들」과 이효석 님의 「낙엽을 태우면서」, 피천득 님의 「인연」 등을 읽었을 때는 반짝 괜찮았는데 길게 흥미를 느끼지는 못하였다. 아마도 분량이 적어서 그랬을 것도 같고 무엇보다 흥미진진한 클라이막스에 중독된 나에게 콧등을 스쳐가는 봄바람 정도의 자극이 너무 싱거워서였던 것도 같다.

그런 중에 산문(수필) 쪽과 두드러기가 일 정도로, 요즘 말로 트라우마에 가깝게 안 좋은 일이 생겼다. 3학년 때 유명대학교수의 책 제목이 눈길을 끌었다. 십대들이 홀릴 만한 '영혼' '사랑' 등의 유혹적인 단어로 치장한 제목이었다. 멋진 제목과 믿을 수 있는 작가의 프로필에 끌리다 보니 내용도 그럴 것 같아 내심 기대가 컸다. 그렇다고 교과서에서 읽은 수필의 수준까지 기대한 것은 아니었지만 막상 읽어보니 전혀 기대에 못 미치는 작품이었다. 번지르르한 책의 겉모양과 달리 내용은 일상생활에 얽힌 잡문雜文을 모아놓은 것에 불과하였다. 끝까지 읽으면 그래도 뭔가 있지 않을까, 싶었으나 아무것도 건질 것 없는 맹탕을 맛본 어리숙한 마음엔 땡감을 씹고 거짓부렁에 속은 느낌이 떠나질 않았다. 어떻게 그런 수준의 책을 장정본으로까지 꾸며 선량한 독자들에게 떼어 맡기는 장사수단을 부릴 수 있는 건지 출판사까지도 덩달아 미워졌다.

그로부터 50여 년이 지난 2021년 코로나가 맹위를 떨치던 가을에 박완서 님과 피천득 님의 산문(수필)집을 다시 읽을 기회를 가졌다. 박완서 님의 「꼴찌에게 보내는 갈채」와 「호미」는 고향에서 겪은 어릴 적 추억의 실타래를 풀어낸 옛날이야기들이어서 구수했다. 여성작가로서는 다루기 쉽지 않을 성싶은 시사성 있는 소재도 적지 않았는데 동네사정에 밝은 입담 좋은 아주머니를 따라 골목길 여기저기를 구경한 것처럼 섬세함이 돋보이는 작품들이었다.

피천득 님의 「인연」은 군더더기 없는 문장과 내용의 짜임새가 완벽에 가까워서 놀랐다. 물 찬 제비처럼 깔끔하고 세련된 필체가 주는 매력이 너무도 인상적이어서 닮고 싶을 정도였다. 수필의 소재도 동양 삼국三國과 미주美洲까지 폭넓게 아울러서 다른 작가의 작품과는 완연히 구별되었고, 수필의 한계를 뛰어넘는 고담준론의 경지도 때로 보여주어서 놀라웠다. 그러나 기대했던 재미나 감동은 소문보다 덜해서 벌써 나의 감정선感情線이 무뎌진 것 아닌가, 하는 걱정도 들었다.

두 작가의 훌륭한 작품을 읽고 나니 그간 수필과의 간격도 한결 가까워진 듯싶고 기왕의 서운한 감정도 많이 누그러진 것 같아서 마음이 훨씬 가벼워졌다. 그리고 문제는 내게도 있었다는 자책도 역시 들었다. 살얼음보다 더 얇은 문학적 취향으로 좋아하는 것만을 편식해온 까다로운 입맛과 유연하지 못한 사고思考의 용렬함이 지나쳤다는 깨우침에서였다.

그런 한순간! 그렇다면 그 결과까지도 온전히 내 몫이 될 수밖에 없겠다는 번갯불 같은 자각自覺이 눈앞에서 번쩍 불꽃을 튕겼다. 국내작가를 대표하는 소설가와 수필가의 작품들을 제때 접하지 못한 데서 오는 정상적인 문학적 평형감각을 놓쳤던 것이 아닐까, 하는 숨막히는 질책이 아프도록 옆구리를 찔러서였다. 문학을 좋아한다면서도 결정적인 청소년시절에 정작 알짜배기 작품들을 멀리했던 얼뜨기 짓은, 어떤 방법으로도 이제는 메꾸어질 수 없다는 생각이 떨쳐지지 않아서였다. 게다가 칠십이 훨씬 넘은 나이에 다시는 되돌릴 수 없는 지난날의 미욱함을 찜찜해하며 살아갈 것을 생각하니 자존심도 크게 상하고 새삼 억울한 마음이 들어서였다.

As time goes by(세월이 흐를수록)

　일흔이 넘은 지금까지도 취미생활은 여전하다. 잠깐씩이나마 책도 뒤적이고 일삼아 정원을 오가며 가끔씩 영화도 본다. 언뜻 보기에 아직은 괜찮은 것 같은데 문득 이런 즐거움도 조만간 더 줄어들 테지 싶은 불안감이 밀려오면 서산에 지는 해를 한 번 더 바라보게 된다. 하긴 책읽기는 근래 시력이 뚝 떨어져서 걱정이고 정원 돌봄도 점점 근력筋力이 부쳐 문제이다. 이제 부담 없이 즐길 수 있는 취미는 한 가지뿐이니 바로 영화보기이다. 영화보기라면 모르는 이들은 도심의 냉난방 잘되는 영화관에서 사운드트랙으로 즐기는 영화감상을 떠올리기 쉽다. 하지만 여기서의 영화보기는 TV 명화극장을 안방에서 보는 방콕극장에 불과하다.

　오늘은 웬일로 「카사블랑카」를 보여준단다. 서둘러 화장실부터 다녀와서 시간에 딱 맞춰 채널을 돌리니 옆에 앉아 있던 아내가 "저 영화, 열 번은 봤겠네" 하고 손사래를 치며 자리를 털고 일어난다. 고소원固所願이나 불감청不敢請이라고 아내에게 감사하며 영화에 빠져들었다.

「카사블랑카」는 제2차 세계대전 중에 프랑스에서 벌어지는 두 남녀의 애절한 사랑을 그린 줄거리가 쉽게 짐작되는 멜로드라마이다. 특히 전반부의 전개는 요즘 흔해빠진 애정물과도 전혀 구별이 안 된다. 하지만 배역들이 펼치는 숨막히는 내면 연기에 흠뻑 빠지다 보면, 또한 그들이 나누는 번뜩이는 재치와 가볍게 정곡을 찌르는 절제된 대사를 듣다 보면 「카사블랑카」가 여느 애정영화들과는 완전히 격이 다름을 알 수 있다.

나치독일군이 파리에 입성하던 날, 사랑에 빠진 릭(험프리 보거트)과 일자(잉그리드 버그만)는 마르세유행 마지막 기차를 함께 타기로 한다. 독일군이 현상금을 걸고 릭의 뒤를 쫓기 때문이었다. 억수로 퍼붓는 빗속에 파리역의 시계가 약속한 5시를 가리켜도 그녀는 끝내 나타나지 않았다. 애타게 기다리던 릭은 빗물 젖은 편지에서 일자의 배신을 확인하고 매운 가슴을 안고 떠난다.

북아프리카 모로코 서쪽, 대서양이 보이는 카사블랑카에 성공적으로 정착한 릭은 술집을 운영하며 안정된 생활을 즐기고 있었다. 그러나 프랑스가 나치독일에 항복했으므로 식민지 모로코에서도 나치의 통치가 시작되었다. 다행히도 독일점령군이 본격적으로 파견되지 않은 상태여서 카사블랑카는 나치의 압제를 피해 자유의 나라 미국으로 도피할 수 있는 마지막 탈출구가 되어 있었다. 하지만 카사블랑카에 온다고 해도 포르투갈 리스본을 우회하는 비행기를 타지 못하면 미국으로 갈 수가 없었다. 당시 미국과 나치독일은 적대관계여서 제삼국의 공항을 통해서만 왕래가 가능했기 때문이다.

리스본행 비행기를 타려면 카사블랑카 경찰국장이 발급하는 통행증(비자)이 있어야만 했다. 어떤 이유에서든 통행증이 없으면 꼼짝 못하고 몇 년이라도 카사블랑카에 묶여 있을 수밖에 없었다. 이 위협적인 미끼로 경찰국장은 거액의 뒷돈을 챙기거나 반반한 여자들에게 잠자리를 요구하는 것이 예사였다. 이런 각박한 사정을 모를 리 없음에도 '행여나' 하는 바늘구멍 같은 가능성에 목을 맨 사람들이 프랑스는 물론 유럽 전역에서 꾸역꾸역 모여드는 곳이 카사블랑카였다. 나치독일의 무력침공에 프랑스조차 무력하게 항복을 하자 패전의 공포가 전유럽을 휩쓸고 있기 때문이었다.

릭이 운영하는 'cafe Americain'은 꽤나 괜찮은 술집으로 바(bar)와 전속밴드, 가수들의 노래와 도박장까지 갖추고 있어서 고객들이 끊이질 않았다. 카사블랑카 경찰국장을 친구로 둔 그는 지역유지 행세를 하며 지난날의 아픔도 잊은 채 무심하니 세월을 낚고 있었다. 그러나 운명은 릭이 언제까지나 편안히 살도록 놔두지를 않는다.

여름밤에 불빛 따라 날아드는 불나방처럼 일자가 남편 라즐로와 함께 나타난 것이다. 하고많은 술집 중에 하필이면 릭의 술집에 말이다. 그들도 리스본행 비행기를 타기 위해서 어쩔 수 없이 카사블랑카까지 밀려온 것이었다.

다음날 라즐로는 릭에게 독대獨對를 신청한다. 릭이 갖고 있는 '특별 통행증'에 관심이 있어서였다. 이 통행증만 있으면 라즐로 부부는 누구의 간섭도 받지 않고 리스본행 비행기를 탈 수 있었다. 그는 통행증을 넘겨주면 팔자 고칠 만한 사례금을 주겠다고 했지만 릭은 차갑게 거절한다. 일자의 배신에 대한 증오심이 끓어오른 릭은 '있어도 못 주겠다'는 역심逆心이 나서 오불관언吾不關焉, 냉소적으로 대한다. 라즐로가 이유를 묻자 '당신 아내에게 물어보라'고 의미심장한 말도 던진다. 전혀 예상치 못한 릭의 반응에 충격을 받은 라즐로가 한동안 멍하니 서 있는 바로 그때였다. 1층 로얄석에서 술을 마시던 독일군 장교들이 주흥酒興에 겨워 큰 소리로 독일 국가國歌를 부르는 것이었다. 이를 본 라즐로가 결연한 표정으로 밴드에게 다가가서 프랑스 국가 연주를 부탁한다. 그리고 '라 마르세예즈'를 불러대는 것이 아닌가! 한창 고객들이 북적거리는 릭의 술집에서 누가 보아도 아슬아슬하기 짝이 없는 독불국가獨佛國歌 대항전이 벌어진 것이다.

패전한 프랑스의 국가國歌 '라 마르세예즈'가 독일군 점령지 카사블랑카 밤하늘에 퍼져나가자 술집에 있던 많은 프랑스인들과 종업원들은 몸을 떨며 합세한다. 나라를 독일에 빼앗긴 국민적 수치심과 그동안 숨죽여 지낼 수밖에 없었던 처량한 신세의 도망자들은 눈물을 흘리며 그 설움을 지워낼 '라 마르세예즈'를 목청껏 불러대며 환호했다.

이런 황당한 순간을 목격한 릭에겐 정말 횡액橫厄이 낀 날이었다. 라즐로가 레지스탕스의 거물지도자인 것은 알고 있었지만 이렇게까지 확실히 독일점령군에게 본때를 보여줄 줄은 몰랐던 것이다. 여기서 릭의 고민은 시작된다. 사랑하는 일자를 자신의 연인으로 잡아둘까, 아니면 자유 프랑스를 위해서 라즐로의 여자로 남게 할 것인지.

프랑스 국가 '라 마르세예즈'는 우리나라의 '애국가'와는 사뭇 격이 다르다. 점잖은 '애국가'와 달리 '라 마르세예즈'는 아주 선동적이고 전투적이다. '애국가'는 '하느님이 마르고 닳도록 우리나라를 보우保佑해 달라'는 기원祈願이 담겨 있다. 반면에 '라 마르세예즈'는 '적군이 쳐들어와 우리 아이들과 아내를 죽이려 한다. 피 묻은 깃발과 무기를 들고 일어서라, 시민들이여! 적군을 죽이자! 그들의 더러운 피가 밭고랑을 적실 때까지.' 대충 이런 내용이다. 가사만 보면 '전우의 시체를 넘고 넘어 전진'하는 6.25전쟁 때의 우리나라 유행가 수준에 걸맞은 호전적이고 적개심이 넘치는 국가이다. 극단의 처지에 몰린 국민들의 절규를 국가國歌에 그대로 담아서 국가國家를 지키는 데 필수적인 국민단합과 애국심을 고취시키게 한 것이다.

이 사건이 빌미가 되어서 'cafe Americain'은 폐쇄된다. 릭은 파리에서부터 자신을 추적한 나치 게슈타포의 손길이 점점 가까워짐을 느낀다. 그는 뉴욕 출신이지만 미국에서 추방된 신세여서 다시 돌아갈 수도 없었다. 릭은 서둘러서 술집을 처분하고 나치독일에 저항하는 레지스탕스 조직에 복귀하리라 마음먹는다.

그리고 카사블랑카를 떠나기 전에 일자와 라즐로를 미국으로 보내야겠다고 작정한다. 그들이 여기에 계속 머물게 되면 게슈타포의 손에 언젠가는 살해되거나 말도 안 되는 이유로 체포되어서 강제수용소로 보내질 것이 뻔하기 때문이었다. 릭은 이들을 리스본행 비행기에 태우기 위해서 냉정한 계산과 모험을 시작한다.

우선 릭은 경찰국장에게 오늘밤 마지막 비행기로 일자와 함께 미국으로 떠나겠다고 말한다. 그러려면 라즐로를 일자로부터 떼어놓아야 하는데 그를 빠트릴 함정을 만들어놓을 테니 비행기 출발시간 30분 전에 와서 체포하라고 일러준다. 경찰국장은 라즐로와 같은 반反나치 거물을 체포할 수 있다는 계산에 흔쾌히 동의한다.

릭은 라즐로에게도 '특별통행증'을 줄 테니 역시 비행기 출발시간 30분 전에 자기 술집에서 만나자고 한다. 약속된 시간에 라즐로가 나타나자 릭은 통행증을 건넨다. 라즐로가 고마움을 표하며 통행증을 받아들자마자 경찰국장이 나타나 "이 통행증은 며칠 전에 살해된 독일병사가 소지했던 것이니 당신을 살인 혐의로 체포하겠다"며 통행증을 압수한다. 라즐로와 일자가 아연실색해서 릭을 쳐다본다. 그 순간, 릭은 준비했던 권총을 경찰국장에게 겨누며 통행증을 빼앗고 공항까지 동행할 것을 요구한다. 공항에 도착한 일자와 라즐로는 릭이 건네는 통행증으로 리스본행 비행기에 무사히 오른다. 그러나 뒤쫓아온 게슈타포 책임자 스트라사 소령이 이런 사실을 알고 비행기 이륙을 중지시키려 한다. 소령이 관제탑과의 전화 연결을 시도하자 릭은 경찰국장을 겨눴던 권총으로 그를 사살한다.

마침내 카사블랑카에서의 악몽을 뒤로하고 떠나는 일자와 라즐로는 꿈 같은 기적 앞에 할말을 잃는다. 어젯밤까지만 해도 일자는 라즐로 혼자만 미국으로 떠나고 자신은 릭의 곁에 남는 것으로 알고 있었다. 그러나 그것이 릭에 대한 그녀의 사랑을 떠보기 위한 트릭이었음을 알고 오열한다. 또다시 혼자 남겨진 릭을 떠올리며.

영화 「카사블랑카」에서는 'As time goes by'(세월이 흐를수록)가 심심찮게 나온다. 파리, 릭의 술집 전속가수인 샘은 피아노를 치며 오래된 흑백사진처럼 담담하게 부르고 릭의 애인 일자도 행복한 모습으로 즐겨 흥얼거렸다. 그러나 카사블랑카, 릭의 술집에서는 일자와 얽힌 이 노래를 일체 부르지 못하게 한다. 아직도 릭은 일자를 향한 증오심을 떨쳐버리지 못하고 있는 것이다.

그런데 샘이 느닷없이 'As time goes by'를 부르는 게 아닌가! 엉겁결에 일격을 당한 릭이 부리나케 쫓아갔다. 성이 난 릭에게 샘은 오랜만에 나타난 일자의 부탁에 못 이겨서 불렀노라며 눈짓으로 가리킨다. 릭은 생각지도 못한 일자의 등장에 숨이 막히고 순간적으로 그동안 묻어두었던 사랑과 증오의 감정이 되살아나 그녀를 노려본다. 그러나 릭을 바라보는 일자의 촉촉한 눈가에는 아직도 그를 잊지 못하는 마음이 가득 담겨 있었다. 릭과 일자, 두 사람은 그들이 지나온 굴곡진 세월과 피할 수 없게 마주친 잔인한 현실 앞에서 서로를 바라볼 뿐이었다. 'As time goes by'는 이때도 무심히 흐른다.

"Please come back to me in Casablanca. I love you more and more each day. As time goes by"—"제발 카사블랑카에 있는 내게 돌아오세요. 세월이 흐르면 흐를수록 나는 당신을 더욱더 사랑합니다."

한 편의 영화 속에서 주인공의 사랑과 주제곡이 이처럼 엇방향으로 나가는 영화도 드물다. 거기에다 '세월이 아무리 흘러도 이루어질 수 없는 사랑도 있다'고 팬들의 기대에 어깃장을 놓고도 「카사블랑카」처럼 성공한 영화도 드물다.

더 드문 것은 1942년에 제작된 올드무비, 흑백영화인 「카사블랑카」와 주제곡이 80년 세월이 흐른 21세기에도 여전히 팬들을 매혹시키고 있다는 사실이다. 그렇다면 몇 대의 세월이 흘렀어도 아니 세월이 흐르면 흐를수록 이 영화가 팬들의 사랑을 받는 이유가 무엇인지 궁금하다. 아마도 팬들은 릭이 겪는 죽음보다 더 아픈 사랑에서 그들이 공감할 수 있는 진실한 사랑의 실체를 보았기 때문은 아닐까?

올갱이국 단상斷想

세상에 이름 없는 생물은 없다. 자연 속의 헤아릴 수 없이 많은 풀과 나무, 물에 사는 지천의 어류 하나하나까지도 언제부터인가 제각각의 이름이 있다. 그 고유한 이름은 대부분 한 개씩이지만 어떤 생물은 예외적으로 여러 개의 이름을 갖고 있는 경우도 있다. 그 주된 원인은 지역마다 다른 이름으로 오랜 세월을 두고 불러서 굳어진 때문이라고 한다. 당연히 이에 따른 불편과 문제가 발생하지만 아무래도 의사소통상의 착오와 혼동이 가장 큰 불편이라고 하겠다. 다음으로 그 생물에 관련된 각각의 지역문화가 이름만큼이나 서로 달라 마치 다른 나라의 풍속처럼 느껴질 때도 있다는 것이다. 이 경우, 이방인들의 당혹감 또한 예상을 뛰어넘는 것은 물론이다.

'부추'는 경기도와 인근지역에서 부르는 이름이고 충청도와 경상도에서는 '정구지'라고 부른다. 교과서에 나오는 '다슬기'를 충청도에서는 '올갱이'라 부르는데 경기도에서는 그냥 '다슬기'라고 부른다. 1985년 직장을 청주로 옮긴 지 한 달쯤 되었을 때다. 직원들이 '올갱이국'을 먹으러 가자고 해서 생전처음 들어보는 음식 이름이라 궁금해하며 따라나섰다. 뒤따라간 곳은 서문시장 못 미처 중앙공원 옆에 있는 '상주집'이었다. 옛날 집을 식당으로 개조한 상주집은 올갱이 음식 전문집답게 차림표가 '올갱이국'과 '올갱이무침' 단 두 가지뿐이었다. 함께 간 직원이 궁금해하는 나에게 다슬기를 청주에서는 올갱이라고 부른다며 '간에 좋은 음식'이라고 설명해 주었다. 직원의 이야기를 듣다 보니 슬그머니 웃음이 나왔다. 그 까닭은 학교 다닐 때 다슬기가 '간디스토마의 숙주'라고 배워서 혐오의 대상으로만 생각해 왔는데 여기서는 오히려 간에 좋은 보양식이라는 말을 들으니 선뜻 납득이 가지 않아서였다. 당시 치료약도 없다는 간디스토마에 대한 염려 때문인지 고향에서는 다슬기를 식재료로 아예 취급하지 않아 냇가에 숱하게 깔린 다슬기를 보아도 어느 누구 하나 잡지를 않았다. 그런 다슬기가 이곳에서는 상당한 보양식으로 대접을 받고 있다는 것이 너무 이상해 신기한 생각조차 들었다. '충청도 사람들은 별것을 다 먹네.' 생각을 하고 있을 즈음 올갱이 음식이 식탁에 올려졌다. '올갱이 무침'이란다. 그 음식을 본 순간! 빛깔이 너무 낯설고 모양도 너무 쟁그러워 처음 먹는 음식에 대한 기대감이 완전히 깨져버렸다. 올갱이 음식이 작은 우렁이나 꼬마소라 종류의 음식과 비슷할 것이란 예상이 한참 빗나가서였다. '푸르딩딩'한 빛깔의 올갱이무침은 음식으로서는 너무 낯선 느낌이 들어 전혀 호감이 가지 않았다.

접시에 수북이 담긴 '올갱이무침'을 보면서 잘디잔 올갱이를 얼마나 까면 이 한 그릇의 음식이 될 수 있을까, 궁금증이 생길 정도였다. 손끝으로나 잡을 수 있는 작은 크기인 올갱이에서 알맹이 살을 뽑아내려면 어떤 도구를 사용하는지가 궁금하기도 하였다.

그럭저럭 소주가 한 순배 돌 즈음 올갱이국이 올라왔다. '올갱이국'은 정구지를 된장으로 끓인 국에 올갱이가 들어 있었다. 정구지를 고향에서는 부추라고 부르는데 그 용도가 넓지 않아서 국거리로는 전혀 쓰이지 않는 식재료였다. 그저 한여름에 잠깐 선보이는 부추김치와 오이소박이의 속박이 정도가 고작이었다.

그러다 보니 생소하기 짝이 없는 부추국과 다슬기 음식을 한꺼번에 먹어야 하는 부담스러움이 점차 크게 느껴져 올갱이무침을 먹기 전에 마음부터 다시 한번 가다듬어야 했다. 그러고 나서 올갱이 살을 조금 입에 넣고 꼭꼭 씹어 보았다. 그런데 씹어도 씹히지 않고 입안에서 이물질처럼 걸치적대는 것이 있었다. '이게 뭐지?' 생각해보니 올갱이 살에 붙은 뚜껑이 단단해서 제대로 씹혀지지 않는 것이었다. 결국 한참을 우물거리다 뱉어낼 수가 없어서 그냥 목구멍 넘김을 할 수밖에 없었다. 뿐만 아니라 올갱이국 속의 정구지는 국그릇 안에 덩어리로 뭉쳐져 돌아다니는 것을 숟가락으로 풀어헤쳐 조금씩 나눠먹어야 하는 것이 여간 번거롭고 성가신 것이 아니었다. 그날 처음 맛본 올갱이 음식은 인사치레로 어떻게 가까스로 먹기는 하였으나 굳이 찾아서까지 먹을 생각은

들지 않았다.

청주에 산다는 것이 알려지면서 친척과 지인들이 가끔씩 전화를 걸어서 안부를 물어왔다. 그들은 대강 용건이 끝나고 더 이상 할말이 없을 쯤이면 불쑥 올갱이 음식 이야기를 꺼내서 다시 수다를 떨곤 했다. 봄가을이면 속리산 산행도 자주 왔는데 그때마다 보양식 올갱이국을 먹어야 한다며 '상주집' 옆의 '경주집'에 예약을 부탁하기도 했다. 야박하단 소리를 듣는 것이 싫어서 뿌리치지 못하고 식당까지 안내를 하다 보니 함께 올갱이국 먹는 횟수도 점차 늘어갔다.

싫은 사람도 자주 만나면 가까워지고 기피음식도 자주 먹어보면 거부감이 점차 준다더니 올갱이 음식도 예외는 아니었다. 음식을 처음 접했을 때의 경계감은 서서히 옅어져갔고, 나도 모르는 사이에 올갱이국과의 묘미는 조금씩 낯이 익어갔다.

퇴직 후 청안면에 정착해서 10년 가까운 세월이 흐르다 보니 이런저런 일로 괴산읍 방문이 잦아졌다. 어쩌다 3일과 8일 괴산 장날이면 장 구경도 가고 군청에 볼일도 가끔 생겨 괴산읍내에서 점심을 먹는 일이 많아졌다. 그럴 때면 시골읍내를 어슬렁거리며 무엇을 먹을까, 제대로 된 식당을 찾는 것도 큰 재미였다. 오늘은 이리저리 골목길을 헤집고 다니다 큰길가에 나서니 저만치 '식객'의 그림과 '허영만' 이름이 눈길을 끌었다. 언뜻 지인들한테 들었던 이야기가 떠올라서 식당 상호를 확인하니 '할머니식당'이었다.

가까이 다가갈수록 소문에 비해 식당이 너무 작고 허름해서 조금 떨떠름한 기분이 들었다. 하지만 '식객' 만화의 모델이라는 호기심에 끌려 올갱이 전문식당 문을 삐쭉 밀었다. 한 발 들어서니 식당이 참 좁았다. 내부구조도 옛날식 그대로였다. 손님들은 통로에 신발을 벗어놓고 마루에서 식사를 하고 대기하는 서너 명은 신발 사이에 서서 자기 차례를 기다리고 있었다. 식탁이라야 모두 6개뿐인 내부는 바닥의 턱이 3단으로 층져 있어 손님 불편은 그만두고라도 음식을 올리고 내리는 초로의 주인장이 더 딱해 보였다. 눈길 가는 것이라곤 옛날 고객들이 휘갈겨 쓴 올갱이 음식 단평短評이 빼곡히 적힌 오래된 벽지뿐이었다. 할머니식당의 오랜 전통을 보여주는 유일한 증거인 세월에 찌든 이 벽지를 보지 못했다면 그냥 발길을 돌렸어도 당연했으리라. 정결하고 고객 위주로 내부 시설을 갖춘 요즘 음식점에 비교하면 '할머니식당'은 흘러간 추억의 현장을 그대로 고집하는 헛헛한 방법으로 손님을 끌고 있으니 고객 입장에서는 쓴웃음이 나올 일이었다.

오랜만에 서울 사는 직장친구가 청안에 왔다. 안팎이 충북 토박이인 이들은 토속음식을 선호해 오늘은 그 소문난 올갱이국을 맛보여줄 요량으로 할머니식당으로 안내했다. 가는 날이 장날이라고 대기자가 열 명은 되었다. 한참을 기다려 시장기가 돌 무렵 우리 차례가 왔고 드디어 올갱이국이 등장했다. 친구와 나는 얼른 올갱이국에 밥을 말아서 두어 숟갈을 뜨고 있는데도 친구 부인은 아무 말 없이 한 숟갈 두 숟갈 세어가며 국물만을 떠먹고 있어서 은연중 신경이 쓰였다. 그녀가 전통음식 조리에 일가견이 있고 평소 족집게 음식평으로 소문이 나서 더 그랬다. 드디어 그녀가 넌지시 웃으며 말을 건넸다. "오랜만에 제대로 된 올갱이국 맛을 보네요." 그 한마디를 듣는 순간 그동안 몰랐던 올갱이국의 깊은 맛이 어떤 것인지 확실하게 혀끝에 새겨졌다. 지금껏 의문시되었던 할머니식당의 존재 이유도 바로 이 맛 때문이라고 깨우쳐졌다.

그리고 동막골에 들어오다 1

　우리 집은 동막골에 있다.

　동막골은 조천3리 마을회관에서 북서쪽에 위치한 406m 높이의 부엉산 자락에 있는 끄트머리 마을이다. 작은 절 해광사海光寺와 세 집이 모두인 동막골은 20년 전에는 사람이 살지 않고 논밭만 있었다고 한다. 세 집 중에서도 우리 집은 '부엉산'에 제일 가깝게 위치한 높고 외진 곳에 있다. 부엉이가 많이 산다고 해서 이름 붙여진 '부엉산'에는 '부엉이바위'와 '부엉데미(더미)'도 있다. '부엉데미(더미)'의 더미가 '산더미, 빚더미, 돈더미'의 더미와 같은 뜻인 것으로 미루어 보아 얼마나 많은 부엉이가 이곳에 살았을지 짐작이 간다.

　그런 '부엉데미'가 우리가 사는 집 바로 옆인 것을 안 것은 집을 지어 이사를 하고도 한참이 지나서였다. 아내와 내가 자연계와 인간계의 경계선상에 살고 있음을 확실하게 실감한 것도 '부엉데미' 위치를 알고 나서부터. 그전까지는 가끔 전봇대에 앉은 우람한 덩치의 부엉이가 보여도, 한밤중에 선잠을 깨우는 부엉이 울음소리가 들려도 무심히 지나쳤다. 부엉이 말고도 매일 고라니가 두세 마리씩 무리를 지어서 집 주변을 어슬렁거리고 멧돼지가 떼지어 내려와 집 앞에 심은 옥수수와 고구마밭을 짓뭉개어도 산골에서는 예사려니 생각했다.

그러던 중, 우리가 사는 부엉데미가 어떤 곳인지를 보다 확실히 알게 해준 뜻밖의 사건이 발생하였다. 한밤중에 군사작전을 벌이듯 예고도 없이 탐조등이 대낮처럼 켜지고 여기저기서 사냥개 짖는 소리와 함께 연달아 쏘아대는 총소리에 놀라서 기절초풍한 사건이었다. 알고 보니 마을사람들이 부엉데미의 야생동물 때문에 농작물 피해가 심각함을 군청에 호소하자, 동원된 포수들이 동물들을 잡느라고 깊은 잠에 빠진 동막골을 뒤집어놓은 것이었다. 이에 놀란 아내가 야생동물의 접근을 방지하기 위한 '집 주위에 담장 설치' 문제를 기다렸다는 듯 다시 꺼냈다. 부엉데미에 집을 짓기 전부터 시작해서 집 짓고 몇 해를 살고 있는 지금까지 아내와 함께 고민을 하면서도 결론을 내지 못하고 미뤄왔던 숙제가 다시 불거진 것이다.

우리 집이 마을과 한참 동떨어져서 이웃과의 연결이 쉽지 않고 야생동물들이 대낮에도 출몰하는 큰 산 아래인 것을 생각하면 당장이라도 담장을 설치해야 한다. 그러나 '그들 영역까지 들어와서 사는 우리가 문제'라는 원초적인 언짢음이 가시질 않았다. '그동안 별일 없었는데, 다니는 길목에 울타리까지 쳐서 그들의 활동에 불편을 주어야 하나?'라는 역지사지의 심정으로 빤히 쳐다보고 있을 눈망울들이 지워지질 않았다. 그러다 보니 여전히 멀리서 불구경하듯 바라만 볼 뿐 결정을 내리지 못한 채 세월을 보내고 있었다. 그런 모습에 부아가 돋은 아내가 아직도 정신을 못 차렸다면서 사람이 오지질 못하고 물러터졌다며 타박을 주기 시작했다.

지금처럼 결정을 못 내리고 못 본 체하며 뭉그적거릴진대, 가족 전체로부터 게으름뱅이나 우유부단한 인물로 비춰지는 것은 시간문제가 되었다. 그럼에도 무심한 일상의 촌로村老는 이번 일을 복잡하게 만든 '문제의 사고思考'를 아무렇지도 않게 그의 존재감의 표시 정도로 여기는 듯했다. 그러면서 생존 위기에 내몰린 동물들의 심각한 처지를—자신의 무관심과 게으름으로 정년퇴직을 하고도 십여 년이 지나기까지—세상사에서 한 발 물러나고서야 깨닫게 된 것만을 안타까워했다.

인간들이 이제는 먹고살 만한 형편이 되었음에도 작물재배지 주위에 간단한 망網조차 설치하지 않아서 야생동물들의 짓대김을 불러들이고도, 피해를 온전히 그들의 탓으로 돌리며 관청에 소탕해 달라고 진정을 내는 것이 현실인데도 말이다. 영악하기 짝이 없는 인간들의 욕심 앞에 이곳저곳으로 쫓겨 갈 곳을 잃은 그들에게 오직 하늘을 쳐다보는 것 말고는 무엇을 할 수 있을까, 라는 생각에 숨이 막혀왔다.

짐작건대 이는 젊어서부터 자아의식이 유난해서 누구의 간섭도 뿌리치고 '괴짜' '외고집' '까다로운 사람'으로 평생을 살아온 생활철학이나 소신과도 관련이 있을 것이다. 또한 최근 10년간 동막골의 무위자연에 동화되어서 지낸 생활과 TV에서 본 '씽 어게인의 정홍일 스토리'와 슈퍼밴드에서 크랙샷이 부른 '난 괜찮아'에 아직도 눈물 훔치는 칠십 대 소아小兒의 여린 심성도 한몫했을 것이다.

그러나 이렇듯 흩어진 조각을 꿰맞추는 식의 진단은 한계가 있으므로 칠십여 년 인생에서 제일 큰 비중을 차지하고 있는 '사십 년 직장생활' 이야기를 통해 '문제의 사고思考'의 뿌리를 찾아보려고 한다.

그리고 동막골에 들어오다 2

　직장생활은 고향인 섬을 떠나 육지에서 시작되었다.

　고등학교 졸업 때까지의 다람쥐 쳇바퀴 생활에서 벗어나 드디어 나 홀로 객지생활을 시작한 것이다. 달랑 임명장 한 장에 의지해서 한겨울에 근무지를 찾아가는 길은 꽤나 멀었다. 마장동 시외버스정류장에서 출발한 버스는 말로만 듣던 의정부와 동두천 미군부대까지 한나절은 걸렸고, 북풍한설北風寒雪에 가로 누운 삼팔선 표지판과 눈보라 날리는 한탄강을 지나서도 한참을 더 달렸다. 초행初行의 기대감은 일찌감치 접었지만 마주친 읍내는 생각보다도 초라해서 서글프기 짝이 없었다. '남자의 숙명은 그런 것'이라는 아버지 말씀에 등떠밀리지만 않았어도 그들 속에 내디딘 발길을 본래대로 되돌리고 싶은 충동에 끌렸을 것이다. 그렇게 첫발을 뗀 공직생활은 그 후로도 청주, 부산, 강릉 등지에서 40년간 이어졌다.

　타인과의 관계가 끊임없는 것이 공직생활이었다. 중앙부서의 인사 명령에 따라 여러 지역을 전전하다 보면 근무 기관의 구성원들과 맺게 되는 대인관계는 피할 수 없는 일이었다. 어쩌다 보리 알처럼 절대다수의 구성원들 사이에 끼인 생면부지의 이방인에게는 그들과 원만한 관계를 맺는 일이야말로 업무처리만큼이나 중요하였다. 개밥에 도토리 신세, 요즘 말로 왕따가 될 가능성이 항상 도사리고 있기 때문이었다.

근무 기관의 구성원들 대부분은 그 지역 출신에다 학교도 거기서 다녔다. 그들 간에는 혈연관계가 아니더라도 한 다리만 건너면 사돈의 팔촌쯤으로 어떻게든 연결되었다. 그들은 평소 호형호제하는 친목의 범위를 넘어서 기관내의 비공식조직으로 뿌리 깊게 자리 잡고 있었다. 그러면서 중앙부서에 진출한 동향同鄕 출신의 인물들과도 맥脈이 닿아서 은근히 영향력을 과시하는 것도 다반사였다.

그들은 외지인을 상대하는 방법도 잘 알고 있었다. 의례적인 친절과 적당한 거리를 두어서 관계를 유지하는 식이었다. 그러다가도 무언가 불편하게 걸리적거린다고 판단되거나 작은 꼬투리라도 잡히면 표변해서 노골적으로 적의敵意에 가까운 비난과 분노를 드러내며 손을 보려고도 하였다. 심지어 아무리 세련된 업무 능력과 반듯한 인성을 갖춘 선후배 직원이라도 이 조직의 눈 밖에 나면 공정해야 할 포상과 승진, 인사 등 어디서든지 불이익을 주어서 길들이려고 하였다.

그런 가운데도 세월은 끊임없이 잘도 흘러갔다. 험한 바다에서

표류하듯 이런저런 경험을 거치는 동안 직장생활도 어느덧 본격적인 궤도에 접어들었다. 사회학자들이 말하는 이른바 적응과 부적응의 연속적인 시련은 나 자신을 점점 더 강하게 단련시켜주었다. 또한 나만의 정체성도 확립할 수 있게 도와주었다. 이렇게 닦여진 바탕은 그 후 몇 십 년 동안 여러 지역을 전전하면서 지역토박이들과의 갈등과 질시 속에서도 활발한 직장생활을 할 수 있는 든든한 토대가 되어주었다.

그러다 보니 어느덧 직장생활에서의 제일 어려운 고비에 와 있었다. 지방기관 근무자가 바라볼 수 있는 마지막 직급의 승진후보자가 된 것이다. 정년까지 7~8년 남았고 그동안 쌓아온 노력의 결과로 도내 승진후보자 1위를 유지하고 있었다.

그간의 전례를 보면 승진은 1~2년에 한 명 정도가 뽑히는 좁은 문이고 문지기는 중앙부처였다. 그런데 문제는 승진이 꼭 승진후보자 순위대로 되는 것이 아니라는 점이었다. 시도市道의 승진후보자 명부 1위자가 납득할 만한 이유 없이 아래 순위에게 밀려나는 경우가 자주 있다는 것이다. 중앙부처의 인사기관이 객관적 타당성을 근거로 해서 작성한 승진후보자 명부의 순위를 스스로 무시하고, 명백한 사유도 없이 하위자를 승진시키는 짓거리를 하고 있다는 것이다. 직급이 올라갈수록 승진의 폭이 좁아져서 가뜩이나 경쟁이 치열해질 수밖에 없는 현실에서, 무엇보다 공정하고 투명해야 할 승진 결정이 엿장수 가위질식이라는 것이다. 당연히 후보자들은 보다 확실한 승진의 끈을 잡기 위해서 더욱 가열차게 비정상적인 승진운동에 매달리게 되었다. 더욱 웃고픈 것은 탈락자가 행여 분한 마음에 이유라도 알아보겠다고 하면, 직장상사와 주변 동료들이 "더 큰 불이익을 받을 수 있으니, 다음 기회를 기다리라"고 팔 벌려 가로막는 현실이었다. 대명천지에 이런 웃기는 제도가 아직도 남아 있단 말인가!

물을 먹은 나는 참을 수가 없었다. 중앙부처의 총무과장에게 면담을 요청하였다. "1위인 내가 2위에게 밀린 이유나 알자"고 조용히 물었다. 그는 "인사위원회에서 결정된 사항이니 공개할 수 없다"고 피해갔다. 다시 물었다. "인사위원회가 어떤 기준으로 승진 후보자 1위를 승진에서 배제하고 2위를 승진시켰는지 이해당사자는 알 권리가 있지 않은가?" 그는 여전히 변명으로 일관했다. 나는 여벌로 준비해간 그간의 산하기관 직원들이 부당하다고 생각했던 인사문제에 대하여 적나라한 질문을 퍼부어댔다. 그리고 준비해간 질문지에 그의 답변을 빠짐없이 하나하나 기록했다. 벌써 한 시간이 경과했다. 그동안에 인사계장과 비서가 들어와 바쁜 일이 있다며 그를 빼내려고 했으나, 워낙 강경한 내 위세에 눌려서 그는 빠져나가지 못했고 응대는 계속되었다. 30분이 더 지나자 그는 사정조로 벌써 정해진 회의시간이 되어서 참석해야 한다며 간곡히 양해를 구했다.

나는 마지막 방점을 찍었다. "내가 이번 승진에서 누락된 이유는, 내가 충청도 출신이 아니고, 당신이 나온 그 대학 출신이 아니어서인 것임을 확실히 알았다." 마지막 말과 함께 사무실을 박차듯 나서자 그는 내 뒤를 따라나와 엘리베이터를 잡아주며 공손히 배웅을 하였다. 돌아오는 길에 속주머니의 사표辭表를 확인하면서 이런 진흙탕 속의 승진이 내게 무슨 의미가 있나? 씁쓸한 회의감이 밀려와 더욱 울적해졌다.

우여곡절 끝에 2년 후 서기관 승진 발령을 받았다. 그날 제일 먼저 떠오른 것은 어머니가 생전에 간곡히 당부하신 "정년퇴직까지 다니라"는 말씀이었다. 그간 멀게만 느껴졌던 말씀을 이제는 지킬 수 있게 되었다는 모처럼의 안도감 때문이리라. 공직생활을 하시던 아버지가 별안간 사표를 던지시는 바람에 온 가족이 생계위협까지 겪을 때, 온갖 고초를 떠맡으셨던 어머니의 뼈저린 신신당부를 아들은 평생을 두고 잊을 수가 없었다.

그렇게도 고대하던 정년퇴직은 만신창이 상태의 몸과 마음이 더 이상의 질곡에서 견디어낼 수 없는 지경이 되어서야 찾아왔다. 그리고 동막골에 들어왔다. 언제나 변함없는 자연에 의지하는 우둔한 삶을 시작한 것도, 아내가 말없이 이에 따라준 것도 그간의 내 황량한 건강상태와 심각한 마음속의 울화를 잘 알고 있기 때문이었다. 동막골 생활은 지난날 속박의 그림자를 떨쳐내는 몸부림의 시간이었다. 여기서의 몇 년 생활은 자연의 치유능력을 확인하는 시간이기도 했다. 그런 나에게 집 주위에 울타리를 치고 안전하게 살라는 말은 지난날 직장에서 겪은 고통을 전혀 모르는 사람들이 의례적으로 던지는 염려에 불과할 뿐이었다.

아내에게는 담장을 두르면 갑갑할 것 같다고 운만 띄웠다. 밝지 않은 표정의 내 얼굴을 살핀 아내가 얼른 "지금까지도 미루어온 일이니 시간을 두고 천천히 결정하자"고 말을 돌렸다. 그리고 대안代案으로 개를 키워서 만일의 사태에 대비해 보자고 했다.

소나무

시골생활은 누구나 한 번쯤 꿈꾸는 로망이다. 도시생활의 염증을 이겨내지 못해 가는 사람도 있고, 말년에 낭만적 자화상처럼 떠올리며 시작하는 사람도 있다. 물론 생각으로 끝나거나 실제 로망으로 시작하여 낭만은커녕 악몽으로 막을 내리는 경우가 십상이지만 말이다. 내 경우 의외로 토지 구매는 수월하게 해결할 수 있었다. 예전에 청주에 살 때 앞집에 살던 사회친구 덕분이었다. 그 친구에 이끌려 땅 구경 갔다가 정작 내 차지가 되었던 것이다. 세상일은 한 치 앞도 모를 일이다. 그 친구가 토지가 마음에 들지 않는다고 포기하는 바람에 엉뚱하게 내 소유가 되었으니 말이다. 땅과 사람은 인연이 닿아야 한다는 말과 임자는 따로 있다는 말로 갈음하련다.

그다음 순서는 물론, 집을 짓는 일이었다. 사실 이것도 쉽게 해결되었다. 시쳇말로 "집 한 채 짓고 나면 십년감수한다"고들 하지 않는가? 땅 사고 집 짓는 일이 어디 쉬운 일인가? 첨엔 컨테이너 하나면 족하다 싶어서 '세월아 네월아' 청주 시내서 왔다 갔다를 반복했다. 6평 넓이에 불과하여 세컨드 하우스라는 명찰을 붙이기는 무엇했지만, 불만 하나 없었다. 여러모로 쓸모가 넘치는 녀석을 보며 숨겨놓은 애인마냥 누리고 다니던 중, 만사 호사다마라고 군청직원이 내 자존심에 불을 지피는 말을 듣고 나서는 정나미가 뚝 떨어지고 말았다. 같은 말이라도 좀 잘 해주면 어디가 덧나나? 인구감소로 점점 어려워지는 시골로 온 사람에게 상장은 주지 못할망정, 인허가 문제 같은 알기 어려운 용어로 복장을 지르다니.

"컨테이너에 사니 우습게 보이는 모양인가?"

목마른 자가 우물 판다고, 홧김에 건축사무소에 그만 위탁해버렸다. 돈만 주면 집 한 채야 뚝딱이지! 내 경우 그 어렵다는 땅과 집이 그렇게 뚝딱 떨어졌다.

나이 60 중반에 집을 지은 자신의 결단력이 너무 대견해서 형제들을 불러 집들이도 하고, 친구와 이웃들의 축하와 방문에 들떠서 두어 달을 보냈다. 틈틈이 이삿짐 정리도 어지간히 끝나고 바깥일도 제법 자리를 잡았다. 시간여유가 생기면서 다음 해야 할 일이 무엇인지 살펴보는 순간, 그간 못 느꼈던 휑함이 크게 다가왔다. 집을 지을 때는 오로지 그것 하나에만 매달리느라 다른 것은 생각도 하지 않았는데 처음으로 그런 느낌이 든 것이다. 천 평이 넘는 밭에 이십여 평 작은집이 지어졌으니 당연히 느꼈어야 할 삭막함이었다. 집짓기 전부터 챙겼어야 할 조경 문제를 집 짓고 몇 달이 지나고서야 허전함으로 느낀 원인은, 집 뒤에 산이 붙어 있고 집

양옆으로도 산이 가까이 있어서 그러하였으리라.

그래서 생각한 것이 진입로와 마당을 비롯한 집 주변에 나무를 심는 것이었다. 나무 심을 장소를 대강 정하고 평소 심고 싶었던 수종과 나무 가격대를 살펴보니, 수월찮이 드는 비용에 놀라서 통장잔고를 다시 확인해야 했다. 집을 짓느라 수중의 돈은 거의 다 빠져나가고 몇 푼 남지 않은 잔고가 한숨을 자아내게 했다. 이대로 가면 낭패겠다 싶어서, 급한 대로 가격이 허름한 나무를 선택해서 돈을 절약해야겠다고 다짐한 것은 물론이다. 서면 앉고 싶어서 토지를 마련했고, 앉으면 눕고 싶어서 집을 지었는데, 이젠 그 허전함이 무엇이길래, 한밤중에도 천장을 바라보며 나무 생각만 그려대고 있는 것인지! 꼬리에 꼬리를 물고 이어지는 시골생활의 끝이 어디인가 싶어서 속이 타들어갔다.

길가를 지나다 보면 가끔 보이는 조경업체는 어느덧 빈 마당과 진입로를 채워줄 구세주가 되어 있었다. 집을 짓고 본격적으로 손에 흙을 묻히면서부터 눈에 들어오는 것들이 달라졌으니, 이젠 한 그루의 나무가 아쉬워졌기 때문이다.

발 없는 말이 천리를 간다더니, 하루는 조경업자로부터 연락이 왔다. 잘 아는 농원에 있는 나무를 거저 갖다 심으라는 소식이다.

"이게 웬 떡인가?"

그것도 소나무에다 나이가 십 년생이라니, 세월까지 가로채듯 데려올 수 있다는 생각에 한껏 부풀은 가슴을 주체하지 못했다.

현장에 가보니 제대로 가꿔진 모습은 아니지만, 주머니 사정을 생각하면 그런대로 '눈감고 쓸 만하다'는 결론을 내리고 있을 무렵, "조금 손보면 괜찮아요"라고 부추겼다. 바람난 처녀처럼 조경업자의 바짓가랑이에 매달리고 있는 내 모습은 '이게 아닌데' 하면서도 발은 점점 그쪽으로 다가서고 있었다. 머리로는 '불쏘시개감도 안되게' 보여도, 한번 불 지핀 가슴은 이미 '십 년생 소나무'의 포로가 되어 끌려가고 있었다. 하기야 십 년이면 그게 어딘가? 요즘은 강산이 두어 번이나 변하고도 남는다는 시간이 아닌가 말이다.

"싸게 옮겨줄 테니 이때 하세요!"라는 업자의 말은 상황을 끝내고도 남았다. 공짜에다 비용까지 싸게 해준다니 정말 구세주가 따로 없었다. 기다렸다는 듯 달려드는 인부들의 가쁜 숨소리에 포클레인도 신이 나서 춤추고 있었다. 새벽부터 시작된 일이 오후 두어 시쯤 되면서 소나무 스물여섯 그루가 깊이 잠들었던 흙의 속살을 헤치고 그간 숨겨온 뿌리 부분을 드러냈다. 이내 거친 흙을 가다듬고 정성스레 덮개로 감싸지고 조경업자가 대수롭지 않은 듯 소나무 전체를 가다듬자, 콩깍지가 씌워진 눈에는, 그 자태가 마치 시집가는 처녀처럼 너무 예뻐서 나도 모르게 가슴이 울렁거렸다.

모든 것이 뜻대로 되지 않는다는 것은 대략 이 시점인데, 인생사 잘 되어가나 싶을 때 뭔가 의심을 해봐야 했었다. 바쁘게 돌아가던 포클레인 엔진 소리가 불시에 꺼지고 인부들의 부지런한 손길이 순간적으로 멈출 때만 해도 휴식시간인가 보다 생각했다. 아직 해도 많이 남아서 몇 시간만 들이면 나무 심는 일은 오늘 중에 끝낼 성싶었기 때문이다.

"나머지 일은 내일 해야 되겠네요."

표정이 바뀐 조경업자의 냉정한 말을 들으면서 뭔가 불길한 생각이 다가오기 시작했다. 그래도 여기까지는 그런대로 괜찮았다. 조경업자에게 비용을 물어보기 전까지는 말이다.

"포클레인 이틀치 백만 원, 운반차량 35만 원, 인부 세 명 백만 원, 재료비…."

현기증이 났다. 모양새가 잘 짜진 각본에 넘어가버린 것마냥 속이 울렁거렸다. 믿는 도끼에 발등 찍히고, 속된 말로 눈탱이 맞아버렸다. 이튿날 이백 평 위에 심겨진 소나무에 종일 물을 주며 하릴없이 돌멩이만 걷어찼다. 발이 퉁퉁 붓고 속은 알싸했던, 그때 나의 첫 시골생활은 결코 로맨틱하지 않았다. 이상과 현실은 늘 그렇듯이 멀찌감치 정반대로 향했던 것이다.

친구들이 놀러왔다. 첫눈치고는 제법 내려서 발등을 덮을 정도로 쌓인 날이었다. 소나무를 옮긴 지 벌써 5년의 세월 위에 눈이 쌓이니 제법 단정했다. 조금은 의젓해지고 소나무의 태가 얼씬 나타난 모습을 바라보는 동안, 저들의 첫 얼굴이 떠올랐다. 돌봄은 아예 받지 못해 모양새라고는 찾아볼 수 없던 놈들! 옮기느라 여기저기 부러지고 상처투성이던 놈들! 그 아픔을 마저 삭이려면 또한 번의 5년 세월이 흘러야 해서 더욱 불쌍한 놈들!! 그들 머리 위에 간밤에 포근히 쌓인 눈이 그들의 지난 세월을 위로해 주는 듯 싶어 가슴이 찡해왔다. 사정을 모르는 친구들은 소나무가 너무 이쁘다고 눈 위에 발을 구르며 연신 인증 샷을 하더니, 이번에는 단체사진을 찍는다며 어서 모이란다. 뒷줄 가장자리에 쭈뼛 서 있는 나를 보자, 친구들이 팔을 잡아 끌면서 "오늘의 주인공인데 가운데 모셔라." 떠-벌적 웃으며 박수를 쳤다. 친구들에 둘러싸인 사진 속 주인공의 얼굴에는 열적음이 잔뜩 배어서 밖으로까지 묻어났다.

반딧불이가 사는 동막골 집

작년 이맘때 일이다. 늦은저녁을 먹고 바람이라도 쏘일까, 문을 나서니 잰걸음의 아내는 벌써 저만치 앞장을 섰다. 그러고는 기다리느라 머뭇대던 아내가 소리를 쳤다. "반딧불이다!" 대꾸도 안 했다. "여름 한철 다 지나고 바람 썰렁한 9월 하순에 웬 반딧불이람." 깜깜한 뜰 안 어디를 둘러보아도 눈에 띄는 것 하나 없어 심드렁하게 다가가니 아예 손목을 낚아채 잡아 끈다. 손끝을 따라 억지로 허리를 구부리고 눈을 바짝 댔다. 아주 작은 불빛 하나가 겹친 꽃잎 사이에서 언뜻 새어나온다. 그러곤 이내 사라졌다가 몇 초 지나자 다시 밝아진다. 맞다! 반딧불이가 맞다. 주위를 찬찬히 둘러보니 몇 군데서도 얼핏 반짝거림이 눈에 띈다. 어떻게 반딧불이가 우리 집 뜰에 있을까, 전혀 생각지도 못한 일이 벌어졌다.

2012년 동막골에서 보낸 첫 여름부터 반딧불이를 보기는 했다. 그런데 반딧불이가 어쩐 일로 아래쪽 마을 길가에서만 날아다닐 뿐 야속하게도 우리 집 주위에는 나타나질 않았다. 몇 해 동안도 그래서 그때마다 서운한 마음으로 지내던 차에 언제부터인가는 아예 반딧불이가 보이질 않았다. 해마다 여름밤이면 멀리서나마 볼 수 있던 반딧불이가 안 보이니 허전한 마음이 들고 어떻게 된 일일까, 궁금해한 적도 있었다.

그렇게 잊혀져가던 반딧불이가 다시 나타났다. 그것도 우리 집 뜰에 이렇게 터를 잡고 있었다니! 그런 사실을 까맣게 모르고 지낸 것이 어처구니도 없거니와 보면 볼수록 이런 반딧불이가 너무 신기해서 잔파도처럼 밀려오는 정감을 주체할 수가 없었다. 개똥같이 흔해서 개똥벌레로 불리었다는 반딧불이가 요즘은 황금벌레라고 불러도 좋을 만큼 희소해졌음에도 제 발로 우리 집 뜰까지 찾아와줬으니 무슨 말로 고마움을 표시해야 할지 모르겠다.

올해 들어서는 봄부터 이들 반딧불이 움직임에 바짝 관심을 쏟았다. 6월 중순부터 한두 마리씩 보이더니 점차 날씨가 더워지면서 7월 중순에는 숫자가 더 늘어났다. 집 뜰에 있는 소나무들 사이의 꽃나무 숲과 수돗가(지하수) 꽃밭에 주로 자리를 잡고는 먹이사냥을 하는지 한 곳에 머물지 않고 이곳저곳으로 부산스럽게 옮겨 다닌다. 그러다가 칠월 하순부터 팔월 중순 사이에는 저녁해가 지고 한 시간쯤 지나면 수컷 반딧불이가 무리를 지어 장관壯觀인 공중비행을 벌인다. 그 까닭은 암컷 반딧불이의 날개가 퇴화되어서 날지를 못하고 풀밭에 살기 때문이다. 암컷들이 번식 철을 맞아 유혹의 불빛을 반짝이면 수컷들은 마음에 드는 짝을 고르느라 정찰비행을 벌이는데 그 공중곡예가 볼 만했다.

먼저 깜깜한 밤하늘에 우윳빛 반딧불을 켠 채로 우아하게 등장한 반딧불이들은 느긋하게 타원형의 곡선도 그리고, 반듯이 직선도 그으면서 때론 빠르게 또 천천히 속도를 조절하면서 비행연습을 한다. 곧이어 20~30마리가 한 무리를 이루어서 유유히 높게 떠다니며 짝이 될 암컷들의 위치를 탐색하는 비행을 한동안 벌인다. 그러다 짝을 찾은 기쁨에 겨워서일까, 한꺼번에 어지럽게 날아오르며 서로 부딪힐 듯 뒤엉킨 채 공중돌기를 시작해서 아내와 나의 혼을 빼놓는다. 그러면서 뜰 안을 떠다니던 반딧불 회오리는 언제 그랬냐는 듯 점점이 흩어져 어느 순간 사라진다. 아마도 짝을 찾아갔나 보다.

윤동주 님은 동시 「반딧불」에서 그 신비함을 이렇게 그렸다.

가자 가자 가자 숲으로 가자
달 조각을 주우러 숲으로 가자

그믐달 반딧불은 부서진 달 조각

가자 가자 가자 숲으로 가자
달 조각을 주우러 숲으로 가자

반딧불이의 꿈결 같은 공연을 관람하다 보니 은근히 궁금증이 꿈틀거린다. 그들이 그동안 찾지 않던 우리 집 뜰을 어떻게 알고 찾아온 것인지 묻고 싶었다. 결국 며칠을 두고 자료를 뒤져보고 나름대로 추측도 해보면서 가능성을 꼽아보았다.

우선 몇 년 전까지 반딧불이가 살고 있던 아래쪽 마을 길과 우리 집은 직선거리로 200미터 정도 떨어져 있고 그 사이에는 여러 필지의 논밭이 있다. 이 마을 길 옆에는 사철 마르지 않는 개울이 흘러서 반딧불이의 생존과 먹이활동에는 최적의 서식지였을 것이다. 그러나 농작물 재배를 위해 장기간 과도하게 농약이 살포되면서 오염을 피할 수 없게 되자, 서식지 파괴로 생존에 위협을 받게 된 반딧불이는 오염이 덜한 개울의 상류 쪽으로 옮겨간 것 같다. 마침내 우리 집 뜰과 맞닿은 작은 개울까지 피신한 소수의 반딧불이는 드디어 정착을 했고 숫자가 늘어날 때까지 눈에 띄지 않는 바람에 누구도 모른 채 지내온 것으로 대충 정리가 되었다.

이동과정은 그렇더라도 정착은 우리 집 주변 환경이 그들에게 적합해야만 가능한 것이므로 그동안 우리의 농사법과 환경 여건까지 되짚어볼 수밖에 없었다. 귀촌해서 10년 동안 나무를 열심히 심은 탓에 천 평이 넘는 집 주위에는 소나무를 위주로 해서 꽤 많은 관상수와 과실나무가 들어찼다. 반면에 농사는 마늘과 완두콩 한 이랑씩에 가지, 고추, 토마토, 오이를 너덧 포기씩 심는 것이 모두여서 경운耕耘하는 농지는 50평이 채 안 된다. 게으른 농부는 과일나무에만 일 년에 두어 번 농약을 치는 둥 마는 둥 하고 농작

물도 거름 주는 것 말고는 제초제도 안 치고 방초포防草布를 까는 것으로 대신했다. 성격상 제대로 된 농산물을 먹겠다고 약통 메고 부지런 떠는 것도 내키지 않으니 타고난 게으름뱅이는 어쩔 수 없나 보다. 그렇다 보니 농약 사용량은 극히 적을 수밖에 없다.

다음으로 반딧불이의 서식지에는 반드시 오염되지 않은 깨끗한 물이 있어야만 한다. 반딧불이가 물가의 수초에 알을 낳고 알에서 깨어난 애벌레가 달팽이, 다슬기 등 먹이사냥을 하려면 서식지와 물의 관계는 불가분하다. 부엉산과 연결된 우리 집 뜰은 옆에 좁은 개울이 있고 비교적 오염이 덜 된 물이 일정한 양은 아니지만 흐르고 있다. 올해 6월 20일에 세 마리의 반딧불이를 처음 발견한 곳도 이 개울가이다. 이 개울은 아래쪽 마을 길을 따라 흐르는 개울의 상류 중 하나인데 장마철에는 물이 불어나 작은 폭포도 걸리지만 가뭄 때에는 말라붙기도 한다. 다행히 개울에 연결된 길이 70미터의 우리 집 배수로 주변에 작은 샘이 있고 수돗가(지하수)의 물도 보태져서 적은 양의 물이나마 사철 그치지 않고 개울로 흐른다. 가까스로 살아남은 반딧불이는 이 개울이 전에 살던 아래 개울만큼의 여건은 못 갖추었어도 유일하게 오염이 덜 된 물가이므로 여기에 정착을 시도했을 것이다. 그만큼 반딧불이는 약제 사용에 민감한 환경지표종環境指標種이고 청정지역이 아니면 생존할 수 없는 까다로운 곤충이다,

동막골 집 뜰의 반딧불이는 늦반딧불이종種으로 불빛은 우윳빛

이어서 엘이디(LED)등燈의 불빛과 비슷한 색깔이다. 국내에 서식하는 반딧불이 가운데 대표적인 것은 애반딧불이, 운문산반딧불이, 늦반딧불이다. 그중 늦반딧불이는 다른 반딧불이보다 늦은 6월 말부터 활동을 시작하여 10월 중순까지 생존한다고 해서 이름도 그렇게 붙여졌다.

그러고 보니 작년 9월 하순, 늦반딧불이를 보고도 선뜻 알아보지 못한 것이 새삼 미안하다. 여름밤 반딧불이의 신비한 모습에 반해서 그들의 귀환을 학수고대하면서도 정작 그 생태에 대해서는 그토록 무지할 수가 없으니 말이다. 그간 당연하게 여겨온 길거리 가로등불빛이 너무 밝은 탓에 암컷 반딧불이의 엷은 불빛을 볼 수가 없는 수컷이 그냥 지나치는 바람에 짝짓기가 이루어지지 못해서 반딧불이 감소에 큰 영향을 주고 있다는 사실도 모르기는 마찬가지였다.

늦반딧불이는 한여름 밤의 꿈처럼 아름다운 사랑을 위해서 7~8월의 땡볕무더위를 견뎌내야 하고, 10월의 싸늘한 밤하늘 아래서의 처연한 사랑을 위해서도 짝 찾기를 해야만 한다. 주어진 2주간의 수명을 오로지 종족번식을 위해서 이슬만을 먹으며 희생하는 그들의 모습이 숭고해 보이면서도 한편으론 애달파 보인다. 차라리 다른 종種의 반딧불이처럼 5~6월부터 활동을 하다가 조금 일찍 떠날 수 있다면 그들을 곁에서 지켜보는 마음도 이처럼 애처롭지는 않을 것이다.

그러나 세상만물은 정해진 각자의 삶이 있는 것을 어쩌랴. 며칠 후면 떠날 늦반딧불이를 오늘밤에도 마중하면서, 내년에도 동막골 우리 집 뜰에서 다시 만날 것을 기약해 본다.

*참고:이 글은 글쓴이가 사는 괴산군 청안면 동막골에 서식하는 늦반딧불이를 2020년 9월부터 2021년 10월까지 관찰해서 쓴 것이다.
그러나 반딧불이의 생태 정보는 인터넷(네이버)에 실린 자료를 참고하였다. 반딧불이의 생태를 처음 접하는 독자들의 이해를 돕고자 한 것이다.

무전여행 1

　고등학교 2학년 여름방학에 전국일주 무전여행無錢旅行을 떠났다. 좁은 읍내에서 초·중학교를 같이 다니고 고등학교에서도 같은 반인 친구들과 함께였다. 무전여행의 바람잡이는 정환이었다. 중학교 때부터 보이스카웃 단원이었던 그는 캠핑이나 여행에 대한 지식이 언제나 넘쳐나서 우리를 놀라게 했고, 평소 넉넉한 마음과 용돈으로 걸신들린 친구들의 물주 노릇도 기꺼이 담당했다. 그런 그가 무전여행 이야기를 꺼내자 친구들은 뒤돌아볼 것도 없이 동의에 찬성까지 일사천리로 진행되었다. 참여자는 덕희, 승일, 그리고 마지막으로 나도 끼었다.

　그 당시 우리가 다니는 학교는 인문계여서 대학진학을 위해 대부분 학생들은 진득하게 공부에 열중하는 분위기였다. 그러나 정환과 덕희는 진작부터 학교생활에 흥미를 잃은 듯 마지못해 끌려다니는 모습이었고, 승일과 나는 가정 형편상 언제 학교를 그만두어야 할지 모르는 암담한 상황이었다. 그러다 보니 우리의 관심사는 늘 엉뚱한 데에 가 있고 담임교사의 어떤 말도 귓등으로만 들렸다. 이런 우리의 모습에 담임교사는 학습 분위기 조성에 훼방을 놓는 문제집단으로 특별 관리대상에 올렸고, 때론 의도하지 않은 일도 우리가 부린 말썽으로 지레짐작해서 공개 망신을 주는 등 노골적인 적대감을 드러내기도 했다. 이런 숨막히는 환경에서 학교 생활을 견디어내기란 여간 힘든 일이 아니었지만, 그나마 학교라도 가야 친구들을 만날 수 있다는 생각에 더욱 끈끈하게 뭉쳐 다니며 가까스로 하루하루를 참아낼 뿐이었다.

그때 우리가 으레 하는 일은 지루한 수업시간에 딴전을 부리는 것이었다. 간섭받지 않는 나만의 세계를 찾아 맘껏 헤매다 보면 넌더리나는 학교나 집은 어느새 까맣게 잊을 수 있었고, 언제일지 분명치 않지만 머지않아 운명적으로 마주칠 것 같은 미래의 환상을 좋아 가슴 설레다 보면 어느새 종소리가 울렸다.

또 하나 관심거리는 버스 정류장에서 어쩌다 눈에 띄는 배낭을 멘 대학생들이었다. 소설 속에서나 볼 수 있었던 젊은 혈기와 낭만을 즐기는 청춘들이 얼마나 신기하고 멋있었는지 모른다. 자유를 만끽하는 그들과 대합실에서 함께 숨을 쉬는 것만으로도 설레어 들뜬 마음은 '언제쯤 저들처럼 훨훨 섬을 벗어나 발길 닿는 대로 다녀볼 수 있을까?' 채근을 하곤 했다.

그런 판에 "무전여행을 떠나자"는 정환의 제안은 엄청난 폭발력을 지닌 것이었다. 한번 열린 판도라의 상자는 그동안 억지로 끌려다닌 말썽꾼들의 생활을 통째로 뒤집을 만큼 충격적이었다. 오늘도 담임교사는 열심히 공부해서 대학에만 가면 만사형통이라고 세뇌교육식 진학지도에 열을 올렸지만, 무전여행에 꽂힌 우리들에게는 신뢰성 없는 공허한 주문呪文으로만 들릴 뿐이었다.

거기에 이번 학기가 마지막일 수도 있다는 압박감에 시달리고 있는 나로서는 그럴 바에야 재학 중에 바깥세상을 경험할 수 있는 무전여행이라도 떠나보자는 것 말고는 다른 선택의 여지가 없었다. 무전여행을 통해서 그동안 오매불망 그리던 곳에도 가보고 풍광風光과 고적古跡들을 둘러보며, 궁금했던 그 지역 사람들의 삶을 직접 체험해보는 것도 도전해볼 만한 충분한 가치가 있어 보였기 때문이다. 아무려나 섬을 떠날 수만 있다면, 그것도 돈 안 드는 무전여행이라면 낭만 같은 것은 아무래도 좋고 어떤 힘난한 체험이라도 기꺼이 감수하며 직성이 풀릴 때까지 다녀보리라 작정하기에 충분하고도 남았다.

떠나기 전 우리는 모이기만 하면 지도를 펴놓고 여행에 대한 이야기로 도배를 하였다. 우선 서울에서부터 충청도와 전라도, 경상도를 거치는 기차역을 중심으로 움직이다 보면 전국일주는 가능할 것으로 기본적인 계획을 세웠다. 그리고 역사와 지리 시간에 들은 명승지나 구경거리가 있는 지역의 기차역이나 버스정류장에 내리면 도보로 그곳을 둘러보기로 했다. 그러려면 하루에 5,60리 정도는 기본적으로 걸어야 하고 지나가는 버스나 트럭에 손을 흔들어 태워주면 다행이고 아니면 더 걷기로 했다. 기차는 최단거리 역의 표를 끊어서 승무원을 피해 열차 칸을 옮겨다니며 숨바꼭질을 해서 최대한 목적지까지 가는 방법을 쓰기로 했다. 승일이가 "재수 없이 잡히면 어떻게 하냐?"고 걱정을 하자, 덕희가 대답했다 "설마 죽이겠냐?"

숙식문제도 시골에서는 이장댁을 찾아가 학생증을 보여주며 사정을 해서 신세를 지고, 도시에서는 기차역이나 버스정류장 대합실에서 자고, 식사는 밥때에 맞춰서 가정집을 기웃거리다가 얻어먹기로 했다. 그간 주워들은 풍월을 중심으로 세부 행동지침도 수월하게 결정하고 나니 이제는 가슴 떨리는 본격적인 여행만이 남았다.

그때는 여름방학이 7월 25일경부터여서 3일 후쯤 떠난 것 같다. 출발도 전에 "말썽쟁이들이 작당을 해서 무전여행을 떠난다더라"는 소문이 떠돌아서 다 함께 출발을 하지 못하고 정환과 승일이가 먼저 떠나고 덕희와 나는 이틀 뒤에 떠났다. 물론 닷새 뒤에 속리산 법주사에서 만나기로 단단히 약속했다.

청량리역에서 중앙선을 타고 출발해서 며칠 동안에 원주-치악-봉양을 거쳐 충주에 이르러서는 우리나라에서 제일 큰 비료공장을 보았다. 그러나 당시 국내에서 가장 큰 조양방직과 심도직물 등 큰 공장을 읍내에서 많이 보아선지 조금 더 크다는 것 말고는 소문만큼 놀랄 정도는 아니었다.

닷새째 되는 날, 운 좋게 보은까지 가는 트럭을 만나서 굽이굽이 말티재를 넘어 법주사가 있는 속리산에 도착했다. 아름드리 굴참나무가 빼곡하게 들어차서 절로 고적한 느낌을 자아내는 오리 숲은 걸으면 걸을수록 몸과 마음을 편안히 다독여주고 쌓였던 여독도 풀어주어서 모처럼 여행의 즐거움을 맛볼 수 있었다. 또한 넓은 법주사 경내에는 인자한 모습의 대불大佛을 비롯하여 팔상전八相殿 등 발길 옮기는 곳마다 신라시대와 고려시대의 불교 정수인 국보와 보물 15점이 도道지방문화재 25점과 함께 자리하고 있었다. 이들 불교문화재들을 간추린 마음으로 친견親見할 때는 조상님들의 땀내가 밴 불심佛心과 천상天上의 예술혼을 함께 접할 수 있어서 저절로 감복할 수밖에 없었다. 게다가 그간 일반 사찰들을 볼 때마다 긴가민가하던 우리 불교문화의 심오함에 대해서도 의심할 바 없이 가슴 깊이 각인시키는 계기가 되어서 무전여행을 정말 잘 떠났다는 생각이 들었다. 그러나 아무리 훑어보고 한나절을 기다려봐도 정환과 승일은 무슨 일인지 끝내 나타나질 않았다. 잔뜩 고대하던 친구들을 만나지 못해 맥이 빠진 우리에겐 앞으로 어떻게 해야 할지 고민까지 더해졌으나 어렵게 나선 길이니만치 어쨌든 계속하기로 작정을 했다.

드디어 일주일째 되는 날 저녁 무렵, 백제의 옛 수도인 공주의 박물관과 산성을 둘러볼 양으로 도착하니 비도 참 징그럽게 내리고 있었다. 이렇게 비가 많이 내리는 날은 구경은 고사하고 어느 집에서 저녁 한 끼 얻어먹는 것도 틀렸으니, 일찌감치 잠자리를 찾는 것이 내일을 위해서 낫겠다 싶었다. 그러기에는 버스 대합실만한 곳이 없으므로 먼저 온 다른 일행에게 알아보니 밤이 되면 노숙자를 쫓아낸다며 걱정을 했다. 별수 없이 마땅한 저녁 잠자리를 알아볼 요량으로 매점 아저씨께 여쭤보았다. 무전여행중인 학생들을 많이 대해본 아저씨가 서슴없이 공주산성의 공북루拱北樓로 가라고 일러주어서 생각해 볼 것도 없이 빗물에 젖어 더욱 무거워진 군화를 끌며 길을 나섰다.

오리五里밖에 안 된다는 공북루는 정거장을 벗어난 지 한참이 되어서도 나타나질 않았다. 날은 점점 어두워지는데 조금씩 걱정이 앞서기 시작했다. 못 찾는 날엔 누구네 행랑채 툇마루나 아니면 외양간 옆 헛간에서라도 비를 피해야 할 판이었다. 점점 희미해지는 안내표지판을 따라 더듬더듬 걷는 동안, 이제는 완전히 캄캄해졌다. 손전등 불빛에 의지해서 논밭을 따라 난 좁은 외길을 걷다 산등성이로 들어서니 군화에 물이 차서 꿀적거리는 소리가 제법 크게 들렸다. 그렇게 한참을 더 걷다가 산모퉁이에 이르렀다. 그리고 길을 따라서 돌아서자, 별안간 여기저기 진노랑 불빛들이 널려 있는 것이 아닌가! 전혀 생각지도 못한 놀라운 광경에 순간적으로 온몸에 소름이 돋고 머리카락이 쭈뼛거렸다. 잠시 후 놀란 가슴을 진정시키고 살펴보니 노란 불빛은 반딧불이 무리로 보였다. 그러나 섬에서 본 그것과는 전혀 다른 종류인지 벌레의 크기도 곱절은 되어 보이고 불빛도 훨씬 더 밝은 진노랑 빛을 내고 있어서 공포영화의 괴기怪奇한 생물체라도 만난 양 지레 겁을 먹은 것이었다.

　가까스로 도착한 금강변의 공북루는 주위에 가로등조차 없는 깜깜절벽이어서 손전등 불빛에 의지해 층계를 오르니 이층구조물이었다. 그리고 벌써 도착한 다른 일행이 자리를 잡고 있었다. 우리는 한켠에 털썩 주저앉아 비옷과 군화, 양말을 벗고 나서야 안도의 한숨을 내쉴 수 있었다. 그러자 잊고 있던 배고픔과 고단함이 한꺼번에 밀려와 이것저것 살필 겨를도 없이 마룻바닥에 누워버렸다. 그러나 세찬 강바람을 따라 사방에서 들이치는 빗물이 얼굴로 떨어져 어쩔 수 없이 배낭을 끌고 누각 가운데로 자리를 옮겨야만 했다. 먼저 온 일행도 사정은 같아서 너나 할 것 없이 마루 가운데로 모여 뒤섞여 앉았다. 그러다 보니 몸을 뉠 자리가 부족해져 서로의 등을 맞대어 앉을 수밖에 없었고, 멀리 금강철교에 차량들이 지날 때마다 내는 '덜커덩' 소리를 듣다 보니 어느새 모두들 헝클어져 곯아떨어지고 말았다. 잠결에도 가끔씩 강풍에 들이치는 빗물이 얼굴을 적실 때면 흠칫 놀란 몸은 본능적으로 무리 가운데로 파고들었고, 그럴 때마다 서로의 몸은 더욱 밀착되어 전해지는 따뜻한 온기로 모두는 더욱 깊은 잠에 빠져들었다. 그렇게 세상모를 단잠이 한창인데, 어느 순간 따뜻한 등 난로가 꺼진 듯 한기가 들어서 어렴풋 눈이 떠졌다. 벌써 어둠이 희미하게나마 거두어져 주위를 살피니 밤새 살을 맞댄 딴 일행이 우리 둘만을 놔

두고 조금 떨어져 있었다. 서운한 마음에 다시 한번 쳐다보니 그들의 행색도 우리보다 나은 것이 없었다. 아니, 더 후줄근해 보였다. 거지행색이 완연했다. 캄캄한 밤이라 몰라봤던 그들도 우리처럼 비에 쫓겨와 밤새 서로 살을 맞대고 단잠을 잔 것이었다. 아! 그렇게 따뜻한 체온이 거지들과 밤새 뒤섞여 몸을 맞댄 때문이라니! 그래서 혹시나 하고 떠올려봐도 그들과의 1박 중에 잠깐이라도 쾌쾌한 냄새가 났다거나 불결했다는 느낌은 전혀 기억에 없었다. 피치 못하게 발생한 우연찮은 하룻밤의 만남이었다는 생각만 들 뿐, 어딘가 찜찜했다거나 유쾌하지 않은 감정은 전혀 들지 않았다.

그럼에도 우리의 실체를 알아보고 자진해서 간격을 두고 떨어져 있다는 사실이 선뜻 이해가 되지 않았다. 어차피 우리 행색도 그들보다 나을 것 없는 같은 모양새이고 그렇게 온밤을 함께 부대끼며 지새웠음에도 그들 스스로가 우리와의 사이에 너무 일찍 선을 그은 것이 좀 언짢아지기도 했다. 그들은 다섯이고 한 가족으로 보였다.

날이 밝자 더 앉아 있기도 무엇해서 이른 시간이지만 서둘러 공북루를 떠났다. 아쉽게도 그들과 작별인사를 나누지도 못했다. 금강을 바라보며 일부러 등을 돌리고 앉아 있는 그들에게 굳이 인사를 건네는 것도 여간 뻘쭘한 일이 아니어서였다.

무전여행 2

벌써 60년 가까이 된 일이니 가물가물한 것도 당연하다. 1965년 무전여행 중에 충남 신원사新元寺를 찾아간 경로가 분명하질 않으니 말이다. 기억으로는 연산역에서 내려 신원사까지 도보로 간 것 같은데, 그렇다면 거리가 너무 멀기도 하려니와 그때의 진로 방향이 남쪽을 향해 가던 중이어서 별로 알려지지 않은 신원사를 찾아 다시 북쪽으로 올라갔다는 것도 미심쩍다. 아니면 공주에서 부여까지 간 것은 확실하니 거기서 연산역을 찾아가다가 우연찮게 신원사에 들렀을 수도 있겠다. 그러나 부여에서는 연산역보다 논산역이 더 가까우니 구태여 거기까지 갈 이유가 있었을 것 같지도 않다.

어쨌거나 한여름의 무전여행이다 보니 날씨의 도움은 전혀 받지를 못했다. 거의 매일 몇 차례씩 오다말다 하는 장맛비 때문에 발목까지 빠지는 진흙탕 길을 만나기 일쑤인데다 후덥지근한 날씨에 하루에도 몇 차례씩 비옷을 입었다 벗어야 하니 여간 짜증나는 일이 아니었다. 그날도 길을 걷다가 갑자기 쏟아지는 비를 피하려고 가까운 농가의 행랑채로 뛰어들었다. 마침 사랑방에서 장죽長竹을 물고 밖을 내다보시던 주인어른이 생각지도 않은 우리의 출현에 심심한데 잘되었다는 듯 고향과 이름, 나이, 본관, 신분 등을 취조하듯 꼬치꼬치 물어보시고는 멀지 않은 곳에 신원사가 있으니 둘러보라고 권하셨다. 전혀 모르는 절이었지만 마침 가는 길에서 가깝다고 하셔서 둘러볼 생각으로 일어섰다. 그러면서도 충청도의 길 인심이 유달리 후해서 '멀지 않다'는 말을 믿고 길을 나섰다가 한밤중까지 시오리를 걸은 적도 있어서 이번엔 얼마나 걸으면 될까, 궁금해지기도 했다.

다행히 오리쯤 가자 큰 소나무가 제대로 우거진 풍광이 보이는 것으로 미루어 멀지 않은 곳에 절이 있는 것 같았다. 짐작대로 얼마를 걷자 노송이 즐비한 숲길에 들어섰고 그 끝에 작은 개울이 있어 선뜻 징검다리를 건너자 바로 경내로 들어설 수 있었다. 마침 비가 다시 내리기 시작해서 경내를 자세히 돌아보지는 못했지만 별로 큰 절은 아닌 듯싶었다. 어쩔 수 없이 비를 피할 겸 법당과 요사채가 있는 건물 마루에 걸터앉아 있으려니 비 오는 날의 절 풍경은 참으로 괴괴하기 짝이 없었다. 간간이 부는 바람소리와 처마에서 떨어지는 낙숫물소리뿐인 산사山寺의 적막은 잠시 비를 긋는 길손에게도 너무 무겁게 다가와서 어린 시절 텅빈 교실에서 혼자 벌을 서다가 갑자기 쏟아지는 소나기 소리에 겁을 먹고 훌쩍

거렸던 기억까지 되살려내 주었다.

　그때 저쪽에서 방문 열리는 소리가 들리며 몇 사람의 발소리가 우리 있는 쪽으로 다가왔다. 아마도 이런 날 불청객이 들른 것이 궁금했나 싶었더니 앞장선 스님의 손에 긴 종이가 들려 있는 것으로 보아 비도 오고 해서 붓글씨라도 쓴 것 같았다. 뒤에 스님 두 분은 연세가 드셨는데 혹시 주지스님이 계셨을지도 모르겠다.

　앞장선 스님은 키가 우리와 비슷하고 얼굴도 뽀송한데 붓글씨 쓴 종이를 눈에 잘 띄는 몇 군데에 비뚤지 않게 정성스레 붙였다. 읽어 보니 사찰 내에서 조용히 해달라는 것과 쓰레기를 버리지 말라는 것 등이어서 슬그머니 웃음이 났다. 비가 오니 스님들도 되게 할일이 없는가 보다는 생각이 들어서였다.

　그러더니 앳된 스님이 조금 떨어져서는 우리에게 말을 붙여왔다. 비슷한 또래가 비 오는 날 배낭을 메고 돌아다니는 모습에 관심이 끌렸나 보다. 그런데 그의 말투가 여지껏 듣던 충청도 사투리가 아니라 얼른 알아들을 수 있는 친숙한 말투였다. 마치 우리 고향의 그것처럼 귀에 설지가 않았다. 그리고 남자임에도 여자 말투에다 목소리도 여간 사근사근한 것이 아니었다. 그래서 얼굴을 한 번 더 쳐다보았다. 언뜻 보기에 스님의 한쪽 눈이 감겨져 있는 것 같았다. 한쪽은 멀쩡한데 다른 한쪽은 감겨진 채로 그냥 있어 보였다. 그래서 우리를 똑바로 쳐다보지 않고 조금 어슷한 자세로 서 있었던 모양이다. 그 모습이 어디선가 얼핏 본 것 같은 느낌이

들기도 했다.

 그러나 전혀 가당치도 않은 일이어서 생각을 끊고 말을 받아주니 그도 이런저런 것을 물어보며 자리를 떠나지 않았다. 그런 중에도 비는 여전히 그칠 기미가 없어서 마냥 이야기는 길어졌고 그러다 보니 스님이 충청도 출신이 아닌 것은 확실해 보였다. 그런데 아까부터 어디서 본 것 같은 느낌이 지워지지 않고 스멀스멀 밀려와서 이야기 중에도 다시 기억을 더듬을 수밖에 없었다. 저처럼 한쪽 눈에, 우리를 바로 쳐다보지 않는 자세, 여자 같은 말투와 목소리는 어디선가 본 모습임에 틀림없었다. 그러나 처음 보는 스님께 속세의 신상문제를 묻는 것이 큰 실례일 것 같아서 꺼낼 수는 없었다.

 마침 비가 그만그만해져 더 이상 지체할 수 없던 우리는 스님께 인사를 드리고 길을 나서다가 나도 모르게 불쑥 한마디가 튀어나오고 말았다. 다시는 물을 길이 없다고 생각해서였나 보다. "혹시 강화국민학교 다니지 않으셨어요?" 그러자 그의 한쪽 눈이 순간적으로 확 커지며 놀란 빛을 내었다. 그러고는 갑자기 달려들어 우리의 손을 덥석 잡았다. 그 순간 그가 누구인지 명확히 떠올랐다.

 석주였다. 같은 반은 아니었지만 동창인 장석주였다. 그때 비로소 반가움보다 더 빠른 것이 기막힘이란 것을 알았다. 고향의 국민학교(오늘날의 초등학교) 동창이 머리 깎은 승려가 되다니! 어딘지도 모를 충청도 산골 절에서 승려 노릇을 하고 있다는 충격에 순간적으로 억장이 무너져 말문도 막혀버리고 말았다.

고향이 삼팔선과 경계이니 폭발물 사건이 종종 일어나는 것은 놀랍지도 않을 일이었다. 조회시간에 교장선생님이 비슷한 말씀을 하실 때면 벌써 반아이들은 어느 학교에서 폭발사고로 몇 명이 생명을 잃거나 다쳤다는 것을 짐작하곤 했다. 육이오 전쟁이 끝난 지 불과 몇 년밖에 안 되어서 짓궂은 아이들은 어디서 구했는지 녹슨 불발탄과 멀쩡한 총알을 주머니에 넣고 다니며 다른 아이들에게 자랑삼아 보여주기도 하고 나눠도 주었다. 아마 석주도 그런 피해자였을 것이다.

석주는 학교 근처에 사는지 볼 때마다 운동장 구석진 곳에서 어린 여자애들과 사방치기를 하거나 고무줄놀이를 하며 놀고 있었다. 한쪽 눈이 없는 석주에게 남자 여자 할 것 없이 아이들은 제대로 말도 건네지 않았고 더더구나 놀이 상대로는 끼워주는 일이 없었다. 나도 그와 직접 말을 나눈 기억은 없지만 늘 고개를 쳐드는 일 없이 들릴 듯 말 듯 기어들어가는 목소리로 말하는 것을 지나치다 보곤 해서 이름을 알고 있었다. 석주는 중학교 진학을 하지 않았다. 국민학교를 졸업한 뒤로는 고향에서 본 적도 없었다.

그런 그를 졸업한 지 5년 만에 이런 곳에서 만나다니! 덕희와 나는 반가우면서도 가슴에 구멍이 난 듯 싸한 감정이 앞서서 어떤 말도 건넬 수가 없었다. 그리고 조심스러웠다. 그의 행색이 별로인 것이 마음에 걸리기도 했지만, 우리의 대화로 낌새를 채셨을

노스님이 가까이에 계셔서였다.

벌써 시간이 많이 지나 어느덧 저녁이 가까워지고 있었다. 석주는 오늘 하룻밤만이라도 절에서 묵어가라고 사정을 하며 붙잡았다. 노스님도 말씀은 쉬어가라고 하셨다. 우리도 솔직히 그러고 싶었다. 그러나 덕희와 나는 웬일인지 일어나야만 할 것 같은 생각이 들었다. 간곡한 눈빛으로 붙잡는 그를 지금 떼어놓고 떠나는 것이 그를 위해서 더 나을 것 같아서였다. 어릴 적부터 받아온 세상의 온갖 멸시와 천대를 견디다 못해 택했을 승려생활에 행여 마음의 풍파라도 일으키면 어쩌나 싶은 염려 때문이었을 것이다.

비가 다시 내리기 시작했다. "다시 만나자"는 뜬금없는 인사를 남기고 떨어지지 않는 발길을 돌렸다. 눈물이 쏟아지려는 것을 석주에게 보여줄 순 없다는 생각에 눈도 맞추지 못하고 억지로 덤덤한 표정을 지으며 절을 나섰다. 절과 소나무 숲길 사이의 개울은 어느새 빗물이 넘쳐흐르고 있었다. 석주를 개울 못 미쳐서 떼어놓고 우리는 도망치듯 개울을 뛰어넘어 소나무 숲길에 들어섰다. 그리고 몇 발짝을 떼고는 누가 먼저랄 것도 없이 뒤를 돌아보았다. 석주가 우리 쪽을 향해 합장을 하고 있는 모습이 눈에 들어왔다. 고개를 푹 숙이고 있는 것으로 보아 울먹이고 있는 것이 분명했다. 순간 참고 있던 눈물이 왈칵 터져나왔다. 소나무 숲을 벗어날 때까지 꺼이꺼이 소리 내어 울며 몇 걸음마다 뒤돌아보고 또 돌아보았다. 석주는 언제까지나 우리를 향해 합장을 하고 있었다.

무전여행 3

졸업하고 벌써 60년 가까운 세월이 흘렀어도 고등학교 시절 가장 기억에 남는 것을 꼽아보면 3년 동안 빠져 지낸 소설책 읽기와 2학년 여름방학에 다닌 전국 무전여행이다. 공부 외의 것을 절대 금기시하고 말썽으로만 치부하던 엄격한 시절에 어쩌다가 이처럼 객쩍은 것에만 치중했을까, 아쉬움이 없는 것도 아니지만 특별히 잘못되었다거나 후회 같은 감정은 없다.

오히려 그 무렵이 성격 형성의 결정적인 방황기였음을 생각하면 흥미 없는 공부에 매달려 어영부영 시간을 때우기보다 자신의 선택을 좇아 일찌감치 넓은 세상구경에 나선 것도 괜찮았다는 판단에서다. 인생은 궁극적으로 자신의 결정에 따라 살 수밖에 없다는 철 이른 독립선언에 앞서 확인 과정으로서의 체험이었으니 마다할 일도 아닌 것이다. 이런 남다른 사고思考는 입학 때부터 시작된 소설책읽기가 세상 여기저기를 펼쳐 보여주며 자극한 무한한 상상력과 성장기의 주체할 수 없는 자신감이 자연스럽게 어우러져 발산發散무대를 찾아가는 과정에서 발생한 결과였을 것이다.

또한 객쩍게 읽은 소설책의 영향이 아둔한 머리를 조금 어슷하게 깨워준 탓도 있을 것이다.

판박이 같은 섬생활과 인물들에서 벗어난 무전여행은 첫날부터 여러 지역의 많은 사람들을 만나고 그들의 생활모습을 가까이 들여다볼 수도 있어서 여간 재미있는 것이 아니었다. 또한 지리적으로 멀리 떨어져 있고 기후풍토가 다른 만큼이나 섬에서는 보지 못하던 독특한 풍물과 생활문화도 상당히 접할 수가 있어서 날선 사춘기의 호기심을 충족시키기에 충분했다. 그러나 무엇보다 좋았던 것은 평소 그리던 것들을 직접 눈으로 확인하고 만져볼 수 있는 진한 현장감이 어찌나 상쾌하던지 그간의 10년 묵은 체증滯症이 단숨에 뻥 뚫리는 시원함이었다.

그러나 마냥 좋기만 한 것은 아니어서 어김없이 찾아오는 하루 세 끼를 해결하는 일이 여간 어렵지가 않았다. 아무리 무전여행이어도 먹고 자는 중요한 문제를 아무런 대가도 치르지 않고 오직 지역주민들의 인정과 자선에 기댄다는 것이 너무도 생소해서 행동으로 옮기기가 쉽지 않아서였다. 집에서 어머니가 차려주시는 밥상만을 받다가 하루아침에 생판 모르는 남에게 얻어먹는 형편이 되었으니 오죽할까만, 밥 한 끼를 해결하기 위해서 얼마나 큰 용기를 내야 하고 어떤 행동을 취해야 하는지를 뻔히 알면서도 야물지 못한 우리는 겉돌고만 있었다. 그러나 여행은 계속되어야 하고 중도에 돌아갈 길도 막막해서 어금니를 다시한번 꽉 깨물고 몇 차례를 시도한 끝에 50대 아주머니가 선뜻 마루에 앉으라면서 작은 밥상을 내어주셔서 허겁지겁 해결을 할 수 있었다. 그때의 마음가짐은 학생 신분에 맞는 몸가짐으로 정중하게 요청해야만 거절을 당해도 우리의 자존심이 지켜질 수 있다는 것이었는데 아마 이것이 통했나 보다.

그러나 여행기간 내내 매끼니 때마다 낯모르는 집 대문 앞을 기웃거리고 저녁이면 행랑채 툇마루나 역 대합실에서 하룻밤을 지내는 풍찬노숙風餐露宿은 여간 힘들고 우리를 지치게 하는 것이 아니어서 나중에는 여행을 하는 건지 생존훈련을 받고 있는 건지 헛갈릴 정도였다. 허울 좋게 '여행'이란 단어로 치장을 해서 어리숙한 섬놈들을 홀린 무전여행은 다리에 쥐가 나도록 매일 50~60리 길을 기본적으로 걸어야 하는 강행군에다 길을 잘못 들어 100리를 걸은 날도 있어서 극기 훈련이 따로 없었다.

그 밖에도 세부적인 준비부족과 시행착오로 어려움을 겪기도 했는데 이는 여행정보 수집이 중요하다는 인식 자체가 없어서 발생한 것 말고도 여행기분에 들떠 소홀히 한 부분도 적지 않아서였다. 그러다 보니 배낭에 들어 있는 것이라고는 전국지도 한 장, 우비와 모포, 몇 가지 생활용품과 옷가지, 쌀 한 되와 단돈 일천 원이 전부였으니―나침반, 비상약품 등은 준비를 해놓고도 빠뜨렸다―말 그대로 황당무계한 무전여행이 될 수밖에 없었다. 우리가 믿는 구석이라고는 "산입에 거미줄 치랴"는 섬 개구리의 막연한 배짱과 가끔 라디오에서 코미디언들이 희화화한 각 지방 사투리 경연이나 지역마다 서로 다른 풍습을 엮은 실수담失手談에 배꼽을 잡고 웃은 것이 모두였다.

　그럼에도 우리들이 마주친 지역 어디에서나 주민들은 못 본 체하지 않고 헐벗은 자식을 대하듯 친절하고 따뜻한 인정으로 도움을 주셨다. 그러면서 당신의 자식들도 객지에 나가면 똑같은 고생을 할 수 있다는 말씀들을 하셨다. 비록 경제적으로 넉넉하다고 할 수 없는 생활 속에서도 그들은 밥 한 끼와 잠자리를 내어줄 때마다 부족해 미안하다는 표정이어서 우리는 더욱더 과분함을 느끼고는 했다. 그들의 생활수준을 느낀 대로 평가하자면 우리가 사는 섬보다 결코 높지가 않아 보였다. 그럼에도 마음씀씀이와 생활문화만큼은 섬보다 결코 낮지 않았고 오히려 그들이 더 반듯한 수준에 있어 보였다. 그들은 베풀어주면서도 결코 하대를 하지 않고 손님으로 대하는 인간미가 있었고, 우리가 감사의 인사를 드릴 때마다 남은 일정의 안전을 걱정해주며 무사귀환을 빌어주셨다.

　그들은 표정부터도 항상 진솔함이 배어 있었고 격조 있는 도의道義생활문화를 그대로 유지하며 살고 있었다. 빈자貧者에 대한 습관화된 나눔 정신, 정성을 다하는 접객문화, 그리고 자존감이 넘치는 양반의식 등은 그런 것에 익숙하지 않은 우리를 몹시 당황스럽게 해서 불편할 정도였으며 때론 자격지심조차 들게 했다.

그때 받은 결정적인 인상印象은 경제적으로 어렵다고 해서 반드시 생활문화수준이 낮은 것도 아니고, 경제적인 넉넉함이 반드시 높은 문화수준의 생활을 보장하는 것도 아니라는 지극히 평범한 사실이었다. 또한 "사람 사는 곳은 어디나 똑같다"고 새겨진 감수성은 지금껏 생생해서 1970, 80년대 지역감정과 특정지역에 대한 비하나 차별이 극심했던 시절에도 절대 편견에 휩쓸리지 않도록 중심을 잡아주었다.

이렇게 10대 후반의 청소년기를 뒤흔든 무전여행은 1960년대까지 이어져온 가슴 따뜻한 인정의 시절에 무임승차한 철부지들의 당돌한 섬 밖 세상구경이었다. 그때 고교생의 눈에 비친 넓은 세상과 많은 사람들, 가슴 찡한 감동과 문화의 충격은 너무 강렬해서 졸업 후 20대로 성장해 가는 과정에도 큰 영향을 미쳤다. 그때의 진한 경험은 혈기왕성한 청년기의 최대 고민거리인 군대문제와 취직문제에도 전혀 들뜨지 않고 차분하게 대처하도록 해주었으니, 20대초에 시작한 공무원생활은 정년까지 이어졌고 청주, 부산, 강릉 등 전국을 다시 한번 떠돌게 해주었다.